L'EXÉCUTEUR

MARDI MASSACRE

DU MÊME AUTEUR

CHEZ LE MÊME ÉDITEUR

N° 1 : GUERRE À LA MAFIA
N° 2 : MASSACRE À BEVERLY HILLS
N° 3 : LE MASQUE DE COMBAT
N° 4 : TYPHON SUR MIAMI
N° 5 : OPÉRATION RIVIERA
N° 6 : ASSAUT SUR SOHO
N° 7 : CAUCHEMAR À NEW YORK
N° 8 : CARNAGE À CHICAGO
N° 9 : VIOLENCE À VEGAS
N° 10 : CHÂTIMENT AUX CARAÏBES
N° 11 : FUSILLADE À SAN FRANCISCO
N° 12 : LE BLITZ DE BOSTON
N° 13 : LA PRISE DE WASHINGTON
N° 14 : LE SIÈGE DE SAN DIEGO
N° 15 : PANIQUE À PHILADELPHIE
N° 16 : LE TOCSIN SICILIEN
N° 17 : LE SANG APPELLE LE SANG
N° 18 : TEMPÊTE AU TEXAS
N° 19 : DÉBÂCLE À DÉTROIT
N° 20 : LE NIVELLEMENT DE NEW ORLÉANS
N° 21 : SURVIE À SEATTLE
N° 22 : L'ENFER HAWAIIEN
N° 23 : LE SAC DE SAINT LOUIS
N° 24 : LE COMPLOT CANADIEN
N° 25 : LE COMMANDO DU COLORADO
N° 26 : LE CAPO D'ACAPULCO
N° 27 : L'ATTAQUE D'ATLANTA
N° 28 : LE RETOUR AUX SOURCES
N° 29 : MÉPRISE À MANHATTAN
N° 30 : CONTACT À CLEVELAND
N° 31 : EMBUSCADE EN ARIZONA
N° 32 : HIT-PARADE À NASHVILLE
N° 33 : LUNDI LINCEULS

DON PENDLETON

L'EXÉCUTEUR

MARDI MASSACRE

TRADUIT DE L'AMÉRICAIN
PAR F. GUIRAMAND

PLON

Titre original américain :

N° 34 THE EXECUTIONER :
TERRIBLE TUESDAY

Photo de couverture : Jérôme DA CUNHA

Édition originale Pinnacle Books Inc. ISBN : 0 - 523 - 40334 - 8
ISBN : 2 - 259 - 00870 - 4

CHAPITRE PREMIER

Ils étaient nus tous les deux. Lui, une trentaine d'années environ, long, délié et bien musclé. Elle, une môme, guère plus, avec de beaux cheveux soyeux tout ébouriffés et un joli visage reflétant l'expression effarée de quelqu'un réveillé en sursaut essayant de comprendre ce qui arrive.

L'homme était furieux. Il se redressa brusquement pour tirer le drap et se retrouva plaqué à son lit par un pied posé sur sa poitrine nue.

– Gaffe, lâcha l'Exécuteur. Pas un mot!

Le gars maugréa vaguement quelque chose d'inintelligible qui se voulait menaçant et jeta un œillade nerveuse vers la fille.

Il s'appelait Terry Fortune – Tanto Fortunelli, pour l'état civil – et avait fait ses classes avec Jersey Jake Natti, une ordure connue comme tueur indépendant, prêt à tout moyennant pognon en quantité suffisante, bordille de renom plus sournoise qu'un serpent et deux fois plus dangereux.

Elle, c'était – comme l'espérait Bolan – une certaine Darlène Mc Cullough, fille d'un homme d'affaires de Californie du sud bourré de fric, très influent dans les milieux politiques, entretenant des relations fort étroites et juteuses avec la pègre locale.

Sans gêne aucune de se trouver à poil sous l'œil glacé de Bolan, elle promena sur lui des yeux très approbateurs. Son regard se fixa sur l'horrible Beretta noir dont la crosse démesurée paraissait scellée dans la pogne énorme de l'inconnu.

– Passez dans la salle de bains et habillez-vous! ordonna Bolan.

– Pourquoi donc? demanda-t-elle d'une voix ensommeillée, les yeux toujours fixés sur le Beretta.

– Alors n'y allez pas. Je pensais seulement que vous n'auriez pas envie de vous trouver avec un macchabée dans votre plumard.

Terry Fortune remua timidement, mal à l'aise. Son regard poissé d'angoisse fouilla vainement les recoins de la chambre en quête d'une issue de secours. Illusoire.

Les mots tremblotèrent dans sa gorge :

– Qui vous envoie? demanda-t-il, mort de trouille.

– Tout ça me paraît bien inutile, coupa la fille.

– Mais oui, appuya Fortunelli, on n'a pas besoin d'un troisième. Je lui suffis largement.

– Pas à mon avis, fit Bolan.

Le Beretta cracha une fois, un pruneau 9mm

plein de grenaille en furie qui se logea entre les deux yeux horrifiés de Terry Fortune.

Avec un hurlement strident, la môme gicla du lit, tout éclaboussée de lambeaux sanguinolents, magma de chair et de cervelle de feu Terry. Debout, elle se mit à trembler, secouée de spasmes nerveux, au bord de l'hystérie, essayant maladroitement de se débarrasser de ces bribes poisseuses et rougeâtres. Répugnant.

Bolan la prit dans ses bras et se dirigea vers la salle de bains où il la déposa sous la douche. Il la rinça abondamment, arrêta l'eau et la frictionna avec l'une des serviettes. Elle demeura muette, ses grands yeux ronds hébétés. Il lui enfila son jeans et sa chemise, la prit par la main et quitta l'appartement. La môme, s'installa dans la bagnole sans un mot, sans le moindre regard en arrière. Bolan n'entendit guère qu'un soupir résigné.

Il démarra et s'éloigna rapidement de Sunset. Alors seulement, elle se recroquevilla à l'extrémité du siège et murmura :

– Vous êtes un brave salaud!

– Possible, répondit-il tranquillement.

Tu parles! En fait de salaud, ça ne faisait que commencer. L'aube n'était pas encore levée sur ce Mardi Massacre.

– Mc Cullough a les jetons à cause de Terry Fortune, avait expliqué Leo Turrin à Bolan.

Turrin était un ami de longue date, un allié véritable. Grâce à Bolan, il avait maintenant accès à toutes les réunions de la *Commissione,* le conseil suprême de la Mafia; il était partout et toujours dans le secret des dieux ou des diables. Mais il était également un fédé camouflé.

– Il en a marre de voir cette ordure de Terry batifoler avec sa môme, mais il ne bouge pas de peur que ça fasse des vagues. Terry sait bien que le vieux n'est pas à la fête, mais il s'en fout. Ça l'amuse, même. C'est son caractère. Si ça se trouve, c'est rien que pour ça qu'il continue à lutiner la gamine. Bref, ça sent plutôt la poudre, par là-bas. Alors tant qu'à faire, pourquoi pas démarrer de là?

– Qui vous a mis au parfum? avait demandé Bolan.

– Mc Cullough, pardi! Il veut qu'on le débarrasse de Terry Fortune. Il ne supporte plus de le voir renifler dans la culotte de sa fille.

– Il a adressé une plainte en bonne et due forme, tu veux dire?

– Non, pas par les voies officielles. Tu sais, c'est un peu la pagaille là-bas. Personne ne sait très bien qui mène la danse.

– Qui est leur délégué à la *Commissione,* actuellement?

– Willy Nick. Mais c'est un fantoche, une grande gueule, c'est tout. On a un peu l'impression qu'ils retirent leurs billes, et qu'ils veulent monter leur business à eux, bien indépendant. Ou tout au moins qu'ils s'y préparent. En plus, Mc Cullough n'est qu'un *amico d'amici*[1].

1. Un ami d'amis.

« Il n'a aucun rôle réel, si bien qu'il ne peut pas mettre le feu lui-même. Et apparemment, il n'a trouvé personne sur place, pour remplir le contrat.

– C'est Willy Nick qui vous a rapporté sa plainte ?

– Non. C'est un gars de Jersey qui m'a appelé pour me le dire : Mc Cullough nous a fait pas mal de fleurs, dans le secteur. Maintenant il demande qu'on lui renvoie l'ascenseur. On le lui doit bien. Fallait le débarrasser de cet emmerdeur.

– Et qui avez-vous envoyé ?

– Personne encore, avait répliqué Turrin. Et ils continuent à faire les marioles, là-bas. Paraît qu'ils ont fait pas mal de raffut, dernièrement, et chez nous, les mecs sont pas bien fiers, si tu vois...

Oui, Bolan voyait parfaitement. Les gros bonnets de la *Commissione,* jadis omnipotents se trouvent aujourd'hui réduits à des actions fantoches, tremblant de perdre le peu de pouvoir qui leur reste encore sur un empire croulant et prêt à se démembrer à la première secousse...

– En plus, tu comprends, avait expliqué Turrin, à la *Commissione,* on aimerait bien en faire une opération exemplaire et payante.

Là aussi Bolan saisissait bien : quand un territoire aussi vaste et puissant que celui de Californie menace de faire cavalier seul, les grosses légumes, à l'est, ne voient pas ça d'un très bon œil; il ne leur déplairait pas d'y envoyer une bonne poigne d'acier digne de confiance, chargée de rétablir une ambiance plus relaxe.

– Je suis preneur, avait conclu Bolan. Fais passer le mot à ton contact de Jersey. Mais reste discret.

– Je vois. Pas de nom, c'est ça?

– Exact. Dis-lui seulement qu'un copain se charge du problème.

Oui, c'était pas plus mal de démarrer là-bas. Turrin n'avait pas tort.

L'aube n'était toujours pas levée quand le « copain » remit la fille prodigue entre les bras du père éploré. Mais la môme s'arracha brutalement à l'étreinte de son père pour filer comme un dard dans l'escalier. Sans un mot.

Mc Cullough était un grand type d'assez belle prestance, avec d'épais cheveux gris et une peau très bronzée. La cinquantaine sans doute. Peut-être un peu moins. Il avait fait fortune dans la spéculation immobilière et foncière, sachant avec un art consommé choisir les bons amis aux bons moments.

Il resserra nerveusement les pans de son peignoir de soie, en voyant sa fille disparaître en haut de l'escalier. Il se tourna vers Bolan avec un sourire plutôt contraint et lui serra chaleureusement la main.

– Vous autres, vous êtes rapides en besogne, fit-il admiratif. J'ai été prévenu il y a seulement quelques heures que l'on envoyait quelqu'un.

Bolan garda un visage de marbre :

– Je ne suis au courant de rien, fit-il sèchement. J'ai rencontré la gosse par hasard et je l'ai ramenée chez elle. Un point c'est tout.

Mc Cullough hocha la tête, complice :

– Je comprends très bien. Ecoutez, j'aimerais dire deux mots à Darlène. Cela vous ennuie de m'attendre? Vous prendrez bien un peu de café? Je n'en ai pas pour longtemps.

Bolan y consentit. Il se laissa conduire jusqu'à la salle à manger où il pouvait contempler les premières lueurs de l'aube derrière les collines de Santa Monica, pendant que son hôte allait tenter d'amadouer sa fille. Un petit homme silencieux en veste blanche apporta un plateau avec du café et des croissants. L'œil exercé de Bolan remarqua aussitôt la bosse d'un petit revolver soigneusement camouflé sous sa veste.

– Les temps sont durs, fit tranquillement Bolan, tandis que l'autre lui servait du café.

– Monsieur a raison, les temps sont très durs, murmura le petit homme. Puis, il repartit vers la cuisine sans un mot de plus.

Bolan avala son café tout en essayant de « renifler » l'atmosphère ambiante : il sentait l'orage à l'œuvre sous des apparences paisibles et bourgeoises. Il n'était pas seul depuis une minute qu'une créature de rêve, tout auréolée de mousseline de soie, apparut dans la pièce, comme portée par la brise. Elle s'assit en face de lui. Elle était trop jeune pour être la mère de la môme, trop âgée pour être sa sœur, et mille fois trop belle pour cette heure indue du petit matin.

– Bonjour, fit Bolan, en la gratifiant de son sourire le plus solennel.

Elle ne perdit pas de temps à être polie, comme c'est d'usage.

– Vous avez ramené Darlène, me dit-on?

Elle avait une voix douce, mélodieuse, ni particulièrement chaude ni particulièrement froide : délicieuse à entendre, c'est tout.

Bolan hocha la tête, prit tout son temps pour allumer une cigarette :

– Exact, admit-il enfin.

– Pourquoi?

Il avala une gorgée de café avant de répondre :

– Qui le demande?

– Mme Mc Cullough en personne.

– Alors pourquoi ne pas poser la question à M. Mc Cullough?

– Vous êtes détective privé?

– Pas le moins du monde, grinça-t-il.

– Pourquoi ne pas lui fiche la paix, à cette fille? Elle est adulte, non? Et parfaitement capable de choisir ses amis, ses relations, et...

– Et son poison mortel aussi, n'est-ce pas? coupa Bolan.

La femme baissa les yeux et prit une profonde inspiration avant de demander :

– Où l'avez-vous trouvée?

– Son papa lui-même ne m'a pas posé la question.

– Je ne suis pas son papa.

– Je m'en doute.

Il détailla longuement le ravissant visage et ajouta :

– Ni sa maman.

– Je suis pourtant la seule mère que l'enfant ait connue, répliqua-t-elle très calmement.

– Vous venez de dire que c'était une adulte, lui rappela Bolan.

Puis brusquement, il se mit à sourire :

– Je ne vous aurais pas déjà vue dans des films, par hasard?

– Arrêtez votre char, voulez-vous, rétorqua-t-elle sans se départir de sa voix admirablement mélodieuse.

Elle se leva, ondulante, aérienne et sortit de la salle à manger, emportée par la brise à nouveau.

Bolan retrouvait à peine ses esprits qu'un hurlement sauvage, venant de la cuisine, le fit bondir sur ses pieds, Beretta au poing prêt à cracher.

Le point chaud était facile à localiser, plusieurs revolvers aboyaient déjà juste derrière la porte-saloon donnant sur la cuisine. Et les battants s'écartèrent pour vomir le petit homme en veste blanche qui s'affala en glissant dans son propre sang, maculant le parquet ciré de la salle à manger.

Un autre homme, flingue au point, passa en trombe le seuil de la porte. Le Beretta cracha sa pastille meurtrière renvoyant l'intrus dans la cuisine. Il s'effondra au moment où les battants de la porte se refermaient sur lui.

Bolan risqua un œil pour voir si d'autres imprudents risquaient de se présenter. Il n'y avait plus personne. D'un bond, il escalada la fenêtre et sauta dehors juste à temps pour repérer un second tueur qui filait à toutes jambes. D'un geste sec, il fit sauter le silencieux du Beretta, visa et appuya une fois sur la gâchette : la balle toucha le fuyard en pleine foulée : il resta un instant suspendu au-dessus du sol, puis dans un vol plané, il s'écroula un peu plus loin, pour ne plus bouger. Au même instant un moteur de bagnole rugit quelque part dans la rue. Bolan entendit le crissement sauvage de pneus en furie : on se tirait en vitesse, par là-bas.

Le type, sur l'herbe, était mort et ne portait aucun papier d'identité. L'autre, gisant sur le plancher de la cuisine, n'était pas plus causant. Une femme, relativement âgée, la cuisinière, sans doute, avait rendu l'âme, blessée à mort d'une balle dans le ventre. Quant au petit homme en veste blanche, il avait pris deux pruneaux en pleine poitrine et avait succombé sur le coup.

Mc Cullough et ses femmes, terrorisés tous les trois, s'étaient retranchés dans la bibliothèque.

– Je viens d'appeler la police, dit-il.

– Alors, je m'en vais, répliqua Bolan. On ne m'a pas envoyé ici pour déclencher une guerre.

– Mais vous n'y êtes pour rien. Au contraire, vous nous avez sauvé la vie. Nous vous en sommes reconnaissants, fit Mc Cullough.

Et il n'avait pas tort. C'était une descente en bonne et due forme. Un raid au petit matin. Classique. Sans Bolan, les tueurs auraient laissé la maison jonchée de cadavres, depuis la cuisine jusqu'aux chambres. Mais l'affaire était sans rapport avec le sort malheureux de Terry Fortune : impossible d'organiser des représailles en si peu de temps.

– Vous êtes dans de sales draps, Mc Cullough, observa Bolan, bien inutilement d'ailleurs.

– Je le sais.

– Vous sentez-vous d'attaque?

– Côté police, je pense que ça devrait marcher. Pour le reste, je n'en suis pas si sûr.

Le regard glacé de Bolan passa lentement sur les deux femmes : chez la plus jeune, il ne lut que de l'hostilité, chez l'autre, il crut déceler une lueur de repentir.

– Mettez vos femmes à l'abri, suggéra Bolan. Et au plus vite. Trouvez-leur une planque tranquille et qu'elles y restent tant que je ne vous donne pas le feu vert.

Mc Cullough parut immensément soulagé :

– Voulez-vous dire que vous comptez rester par ici quelques temps?

– C'est cela même, approuva Bolan avec un mince sourire. Jouez la prudence et attendez que je vous contacte.

Il jeta un dernier regard froid sur les deux femmes et disparut aussi vite qu'il était apparu! Dans un quartier aussi sélect, les flics n'allaient pas tarder à rappliquer. L'Exécuteur ne tenait pas à les rencontrer.

Le soleil apparaissait maintenant derrière les montagnes. Mardi, Mardi Massacre, jour bien nommé : Mack Bolan laissait déjà derrière lui cinq cadavres...

Eh oui, mon vieux Léo, comme point de départ, l'endroit était sacrément bien choisi.

CHAPITRE II

Bolan avait acquis, au cours de sa campagne de New Orleans, un camping-car GMC d'environ huit mètres de long, un véhicule idéal, classique et d'aspect parfaitement inoffensif. Cependant, avec l'aide d'ingénieurs de l'aérospatiale secrètement voués à sa cause, il avait rapidement transformé le camping-car en véritable caravane de guerre : un arsenal roulant redoutable doté des systèmes électroniques les plus avancés.

Outre une puissance d'attaque infernale, massive et ultra-sophistiquée, la caravane possédait des instruments de détection micro-informatisés, ainsi qu'une banque de données aux moyens de stockage et de logistiques hautement élaborés. C'était en quelque sorte un laboratoire, mais aussi une machine sanglante. Bolan l'utilisait comme sa « coquille » : un véhicule de loisir, lui permettant de se déplacer librement sur tout le territoire, avec peu de risques de se faire repérer ou d'attirer les soupçons.

Cependant, pour cette ultime campagne, l'Exécuteur devait trouver la solution au problème que lui posait son lourd véhicule. En six jours, Bolan comptait anéantir les dernières têtes que la Mafia, cette hydre monstrueuse, dressait encore aux quatre coins du pays. Six jours seulement... Bolan savait que sans se force de frappe roulante, il avait peu de chances de mener à bien cette campagne d'extermination. C'est pourquoi il avait demandé à Brognola, l'homme de Washington, de lui fournir un moyen régulier de transport aérien pour sa caravane. Brognola, trop heureux, avait mis à sa disposition un C-135, avec un équipement militaire, et en prime – contre le gré de Bolan – il avait délégué un « technicien hautement qualifié », chargé de la maintenance de la caravane, pendant les opérations de transport aérien.

Ce « technicien hautement qualifié » était en réalité une femme sortie tout droit du quartier général de Brognola, à Washington. Elle répondait au nom saugrenu de Rose d'Avril et était d'une beauté époustouflante, style star d'Hollywood. Rose d'Avril était ingénieur-physicien, spécialisée en technologie informatique et en logistique de la communication. C'était une môme futée, et en plus, elle avait du cran.

– Tu verras, elle est assez complète, avait assuré Brognola à son ami guerrier. Franchement, elle pourra te rendre pas mal de services. Tu serais idiot de ne pas l'utiliser au mieux de ses compétences.

– Quelles compétences, exactement? s'était enquis Bolan.

– Elle saura faire marcher la caravane à ta place, je puis te l'assurer, elle ne sera pas en peine avec tes ordinateurs du bord. C'est une pro. Raison pour laquelle nous l'avons sélectionnée. D'autres risqueraient de s'emmêler les pinceaux, mais avec elle, tu peux être tranquille : c'est autre chose qu'une nounou pour écrans cabalistiques. Crois-moi.

Et Bolan avait été bien obligé de le croire : Rose d'Avril avait apporté les preuves de sa réputation. Elle s'en était sortie royalement, dans les moments les plus critiques, sous le sang et la cendre, au cours de la première opération du Lundi Linceuls, en Indiana[1].

Oh, bien sûr, les frictions n'avaient pas manqué : réaction chimico-organique inévitable entre un homme et une femme, exacerbée par le fait même qu'elle concernait deux êtres exceptionnels. Et puis Bolan acceptait mal l'intégration de ce petit bout de femme aussi jeune et aussi ravissante dans un univers aussi sauvage et aussi implacable que le sien.

Rose d'Avril, de son côté, avait un sens de la justice totalement inféodé à la loi, et le *modus operandi* de Bolan n'était pas sans lui poser des problèmes d'éthique.

Il faut dire aussi que tous deux se connais-

1. Voir l'Exécuteur nº 33 : *Lundi Linceuls.*

saient depuis peu. Mais les épreuves n'avaient pas manqué, si bien que l'un et l'autre avaient fait preuve de grandes facultés d'adaptation, de compréhension mutuelle, d'une entente assez remarquable dans un laps de temps étonnamment court. Ils avaient fait la guerre ensemble, et d'une certaine manière, ils avaient fait l'amour aussi. Mais surtout, ils avaient fait la paix. Rose d'Avril était maintenant « dans le coup », soldat à part entière pour cette ultime campagne de six jours; tôt ou tard Bolan serait forcé de reconnaître qu'elle était indispensable à sa victoire.

En ce mardi à peine naissant, Rose d'Avril était donc là, « dans le coup ».

Bolan brancha son radio-émetteur sur celui de la caravane dès qu'il eut quitté la demeure Mc Cullough.

– Ici Blackjack, salut.

Et tout de suite la voix calme, posée :

– Je vous écoute Blackjack.

– Quelle est votre position?

– Vous ne m'aviez pas laissé prévoir une telle rapidité de manœuvre. Je n'ai pas eu le temps de moisir.

– Alors vous êtes en chasse?

– Bien sûr, Soldat. Nous sommes dans Mullholland – cap ouest – trois kilomètres environ à l'est de Topanga Canyon Boulevard.

– Très bien, allez-y molo. Inutile de prendre des risques. Tout est branché? L'hameçon tient bien?

– Oui, tout va. On file en douceur.

– Ne lâchez pas le poisson, mais donnez du mou. J'arrive.

– *Roger.*

Elle était futée, la môme, pas de doute. Rien, en effet, ne laissait prévoir que ça pèterait si vite. Elle s'était pointée sur la demande de Bolan dans le quartier de Mc Cullough tout de suite après l'arrivée de l'Exécuteur. Elle avait profité de la descente des tueurs pour établir ses branchements. Maintenant, elle filait discrètement la bagnole des fuyards après l'avoir truffée de micro-récepteurs.

Inutile, peut-être, car les tueurs descendus chez Mc Cullough pouvaient n'être que des petits minables payés pour une besogne minable, sans aucun lien avec les nouveaux conspirateurs de Californie. Mais Bolan devait faire feu de tout bois. La situation ici était encore trop nébuleuse. S'il connaissait le matricule de beaucoup de joueurs, il ignorait encore les liaisons, les points de jonction, la place et le territoire de chacun. Et surtout, il n'avait toujours pas identifié les meneurs de jeu. Enfin, plus déprimant encore, il ne cernait pas la logique qui régnait ici. Quelle était donc cette nouvelle organisation californienne dont on parlait encore à voix basse, mais non sans fierté? En quoi sa structure différait-elle de celle de l'organisation classique de la Mafia? Sur quelles classes de la bonne société étendait-elle ses tentacules, pour assouvir ses besoins criminels?

Autant de questions auxquelles il fallait

impérativement répondre, si cette apocalypse de six jours se voulait efficace, et définitive.

Le succès sans précédent de la guerre de Bolan reposait en grande partie sur la compréhension interne qu'il avait de l'ennemi; un jeu tactique et stratégique, avec des avances, des retraits, des actions et des réactions, le tout ressenti, calculé, prévu avec finesse et minutie. Bolan n'était pas un tueur, mais un guerrier, un soldat, une armée composée d'un homme seul. Le jeu qu'il jouait était celui de la guerre. Un jeu, parfois, mais également une science, même un art. Et dans ce domaine, Bolan était l'artiste suprême. Du reste, l'étonnant revirement d'attitude de Washington à son égard apportait la preuve qu'en haut lieu, on avait su reconnaître l'exceptionnelle compétence de l'homme. Le gouvernement américain n'avait pas ouvert grands les bras à un tueur psychopathe, mais à un expert incontestable en tactique et stratégie militaire.

Le jeu de Bolan n'était pas simple, non! Mais pour l'instant, l'Exécuteur devait se contenter d'agir au niveau élémentaire : action-réaction. Il avait un peu espéré qu'en frappant à certains points-clé, il déclencherait une séquence en chaîne d'actions-réactions qui l'amènerait au cœur même de la vermine californienne. Bolan avait choisi Mc Cullough comme clé de voûte, mais il ne s'allouait que six jours : trop peu pour étudier et analyser à fond les types de réactions qu'il allait provoquer. Il devait donc se fier à son instinct pour sentir le bon moment, et frapper au bon endroit.

Il allait donc y aller en flair, suivre la proie jusqu'à sa tanière, en espérant qu'il ne se trompait pas.

Mais pour un guerrier, un bon flair n'est pas suffisant. Il faut inévitablement y ajouter une part de connaissance, un peu d'art et surtout la foi. C'est ce mélange harmonieusement dosé qui fait d'un homme un guerrier supérieur, infaillible, pourrait-on dire. Bolan ne l'ignorait pas.

Ainsi n'était-ce pas un psychopathe assoiffé de sang qui roulait ce matin-là, sur Topanga Canyon Boulevard, pour rejoindre sa force de frappe. C'était un guerrier averti, rompu à l'art et aux sciences militaires, le cœur gonflé, qui se lançait à la chasse de l'infâme dragon jusque dans son propre repaire.

Seulement, Bolan n'avait aucune idée sur ce dragon, ni à quoi il ressemblait...

CHAPITRE III

A l'ouest de Los Angeles, le gibier avait bifurqué vers le sud, pour prendre Topanga Canyon Boulevard, une route pourrie et mal entretenue reliant la vallée de San Fernando à la côte, au-dessus de Santa Monica. Un brouillard à couper au couteau venant de l'océan, camouflait complètement les montagnes et s'infiltrait dans la vallée, tapissant le fond d'une couche insondable de ouate grisâtre, masquant sournoisement les reliefs, créant une atmosphère de traquenard mouvant, poisseux, peu rassurant.

La visibilité était parfois nulle; les moindres repères disparaissaient avec une brutalité inouïe, donnant une impression de vertige, tandis que la caravane de guerre suivait avec application la route tortueuse. Rose d'Avril devait faire un effort pour croire qu'elle se trouvait encore dans l'agglomération de Los Angeles, tant la sensation d'isolement était intense.

Jamais elle n'aurait pu garder le contact avec

le véhicule en fuite sans les instruments hyper-sophistiqués de la caravane, et sans doute fallait-il trouver là l'explication de ses instants de vertige. Elle pilotait à vue autant qu'aux instruments, partageant son attention entre la route et l'écran de la console de navigation, sur lequel apparaissait une carte topographique du secteur avec, en superposition, une grille électronique révélant les grands axes, calculés par l'ordinateur de bord. Un appareillage exceptionnel, conçu avec les ressources de la technologie la plus avancée. Un pur joyau, pour l'esprit scientifique et technique de Rose d'Avril.

« J'aimerais bien rencontrer celui qui a conçu et agencé ces merveilles » avait-elle déclaré à Bolan, quelques minutes seulement après son premier contact avec la caravane. Mais plus encore, Rose rêvait de fouiller au cœur même de l'ordinateur central, là où s'alignaient toutes les données fournies par les sous-systèmes, grâce à des combinaisons d'ondes-radar, de micro ondes-radio réactivées par des rayons laser, couplés d'infra-rouges, auxquelles s'ajoutaient les informations des détecteurs de champs magnétiques. Le tout donnant sur un écran la position précise de la cible, le cap exact de la direction suivie, et enfin toutes informations pratiques concernant le terrain lui-même. Sur l'écran, trois spots minuscules représentaient la cible, la caravane, et la voiture de chasse que pilotait Bolan. Les trois véhicules suivaient la route accidentée du canyon, à deux cents mètres environ les uns des autres.

Cela durait depuis vingt minutes, quand apparut sur l'écran le signal d'un changement de cap.

Immédiatement, Rose contacta Bolan :

– Déviation.

– *Roger.* Route goudronnée?

– Négatif. Destination sûrement proche. Restez à l'écoute.

Quelques instants plus tard, le clignotant signalant la voiture-cible passait de l'ambre au rouge :

– Moteur arrêté, rapporta Rose.

– Quelle position? demanda Bolan.

– Une centaine de mètres au sud. Quatre-vingts mètres à l'est.

– Stoppez, je vous rejoins, ordonna-t-il.

Le bas-côté était relativement large et Rose rangea facilement la caravane au bord de la route. Sans perdre une seconde, elle brancha la détection-audio. Quelques instants plus tard, les phares de Bolan apparaissaient dans son rétroviseur, la seconde d'après, il grimpait à bord de la caravane.

Il lui lança un sourire pressé, assorti de deux mots laconiques :

– Beau boulot!

Il passa directement à l'arrière de la caravane et déjà, il quittait ses vêtements. Rose savait ce que cela signifiait. Quand Bolan se déshabillait, c'était toujours pour la guerre, pas pour l'amour! L'amour, apparemment n'entrait jamais dans son quotidien. Peut-être demeurait-il, au fond de cet individu insondable, un reste anachronique, qui sait? Mais à quoi bon réfléchir plus avant? Sur ce terrain, Rose d'Avril jouait perdante, elle le savait. A peine avaient-ils fait connaissance, lors de leur première rencontre, qu'il lui ordonnait déjà de se déshabiller... pour se donner à la guerre. Pas pour l'amour. Pourtant, esprit chevaleresque ou pas, il était insupportable et terriblement injuste, frustrant pour une fille d'apparaître nue aux yeux d'un homme qui ne voyait que la guerre. A la limite du mépris aussi, car même pendant les rares moments d'accalmie, quand les balles ne sifflaient plus, que le sang était loin derrière eux, Bolan l'avait « rejetée » en la mettant nue dans le seul but d'examiner ses blessures, les panser doucement, tendrement, sans songer un seul instant à profiter autrement de cette nudité tacitement offerte.

– Dites-moi qui vous êtes, avait-elle murmuré, tandis que le C-135, mis à leur disposition par Brognola, les emmenait loin de l'Indiana, loin de ce Lundi Linceuls, loin de l'enfer, loin des batailles. Ils étaient si près l'un de l'autre...

« Un genre de moine, sans doute? avait-elle conclu.

Elle ne voyait pas son visage, mais elle sut qu'il souriait en lui répondant :

– Quelqu'un de très fatigué, en tout cas. Comme vous, Soldat.

Bien sûr, elle était épuisée. Amochée, aussi. Encore qu'elle fît de son mieux pour le cacher. Un cinglé s'était amusé à lui triturer le bas-ventre, si bien que cette partie de son anatomie était trop douloureuse encore, pour songer à se livrer à des ébats amoureux. Peut-être le Grand Soldat s'en doutait-il? Mais tout de même, il aurait pu au moins essayer, faire semblant...

– Je vous aurai au tournant, avait-elle murmuré, heureuse et paisible dans la chaleur réconfortante de sa présence, à ses côtés. Plusieurs fois, elle s'était réveillée, et le rythme lent et régulier de sa respiration l'avait comblée de bonheur. A un moment, elle s'était relevée sur un coude et, le croyant éveillé, avait doucement posé ses lèvres brûlantes sur sa bouche. C'est à cet instant qu'elle avait compris que cet homme dormait les paupières entrouvertes. Sitôt qu'il sentit le contact de ses lèvres, il bondit comme un ressort, l'énorme revolver à canon d'argent dressé entre leurs deux corps, prêt à cracher la mort.

– Navrée, avait-elle soufflé.

– Désolé, avait-il marmonné, en se détendant, ses yeux enfouis derrière ses paupières mi-closes.

Elle le savait, elle avait frôlé la mort de très près, mais en même temps elle avait découvert une facette inattendue de ce personnage énigmatique : il dormait sans fermer les yeux, et gardait toujours une arme à portée de la main. Horrible et infiniment triste à la fois! Vivre ainsi, le corps et l'esprit toujours en éveil, toujours aux aguets de la mort tellement présente dans son esprit que même son oubli dans le sommeil lui était interdit. Oui, Rose d'Avril commençait à comprendre le prix payé par cet homme pour poursuivre son impossible guerre.

Plus tard, il devait lui avouer :

– Je dors, pourtant. Mais d'un sommeil que j'ai appris le long de la piste Ho Chi Minh. Une espèce d'équilibre, comme une dichotomie entre deux niveaux de conscience : celui qui a besoin de sommeil, dort, pendant que l'autre reste en éveil, monte la garde, en quelque sorte. J'appelle cela le sommeil de la guerre.

Un prix exorbitant, oui. Et maintenant, l'homme qui faisait la guerre même en dormant était passé à l'arrière de la caravane pour se changer et passer le costume de son éternel combat. Il enfila la combinaison noire, un vêtement intégral de nylon très moulant, un peu comme les combinaisons sous-marines, mais destiné à servir des desseins beaucoup plus sanglants. Aux bras et aux jambes, des poches judicieusement conçues permettaient de loger mille menus instruments de mort, certains vieux comme l'humanité, d'autres modernes et ultra-sophistiqués comme on peut en attendre d'une technologie ayant réussi à envoyer des êtres humains sur la Lune. La combinaison, d'ailleurs, était en elle-même un outil de combat, à cause de l'effet psychologique qu'elle produisait sur l'adversaire. Rose savait aussi qu'elle assurait au guerrier une grande aisance de mouvements sans compter qu'elle lui servait de camouflage quasi infaillible. La nuit, elle le rendait pratiquement invisible.

Il passait maintenant son harnais de combat, un chassé-croisé de ceintures et de sangles, muni de plusieurs armes à feu, de grenades, munitions, et divers objets de guerre. Un peu plus tôt, Rose avait essayé en vain de soulever ce harnais : il était si monstrueusement lourd qu'elle n'avait pas réussi à le déplacer d'un centimètre. Bolan, lui ne paraissait pas s'en apercevoir, tandis qu'il accrochait les goupilles de sécurité autour de sa taille et ses épaules.

– Il me semble que vous vous apprêtiez à une descente massive, observa-t-elle, tandis que de sa main droite, il vérifiait son artillerie.

Son visage de marbre se figea dans une expression mi-sourire, mi-dédain :

– Les scouts disent : *toujours prêt.* J'essaie de faire pareil.

– Quelque chose vous ennuie, on dirait?

– Non, répliqua-t-il froidement. Vous êtes toujours prête à suivre?

Elle hocha la tête sans répondre, sachant très bien quel était le souci de ce guerrier de la mort au cœur tendre. Il répugnait encore à la voir prendre des risques, à mettre sa vie en danger pour une cause qui n'appartenait qu'à lui.

– Laissez-moi deux minutes d'avance, ordonna-t-il. Puis prenez l'enregistreur, et trouvez la ligne du téléphone. Branchez, et tirez-vous en vitesse. Partez d'ici, et rendez-vous à un kilomètre au sud de la position actuelle.

Tout en parlant, il s'était avancé vers la minuterie, dont il tourna l'aiguille :

– Si je ne vous ai pas rejoint dans une demi-heure...

Il n'acheva pas sa phrase. D'ailleurs Rose d'Avril avait parfaitement pigé.

– Soyez prudent, fit-elle doucement.

– Je le suis toujours, mentit-il entre ses dents.

A cet instant, les récepteurs-audio se mirent à grésiller. Rose passa rapidement à la console de lecture pour régler le son. Très vite, on entendit distinctement des bruits métalliques, puis un grincement suivi d'un « clic », comme si l'on avait ouvert et refermé un portail de fer; des sons de voix, maintenant, des voix masculines, mais impossible de comprendre ce qu'elles disaient :

– Je ne peux pas épurer davantage le son, déclara Rose.

– C'est normal : l'effet de réfraction du brouillard, expliqua-t-il. Ou peut-être la topographie locale, ou même les deux à la fois. Vous n'avez pas entendu un chien?

– Si. Un chien, pas de doute.

Avec un soupir, il passa dans son placard de munitions et choisit une nouvelle arme. Il sortit sans un mot et se noya dans le brouillard.

Rose d'Avril réprima un sanglot qui lui bloquait la gorge. La tension, à l'intérieur du véhicule, avait été aussi dense que le brouillard. Ce qui n'empêcha pas le Grand Homme de la quitter sans un mot. Mais là aussi, Rose commençait à comprendre : c'était un peu comme dormir sans fermer les yeux, ou aimer sans faire l'amour. Une façon économique et organisée de gérer son potentiel d'énergie. Mack Bolan était avare de son énergie pour tout, sauf pour la guerre. Il ne pouvait se permettre les débordements émotifs inutiles. Il avait besoin de toutes ses ressources quand il était en équilibre périlleux entre la vie et la mort.

Bien sûr, Rose d'Avril comprenait, et elle pleurait sans larmes, les yeux rivés sur le point précis où l'homme de ses rêves lui apparaissait encore avant d'être englouti par le brouillard. Quel dommage! Quel foutu gaspillage!

– Vis ta vie comme tu l'entends, murmura-t-elle à la brume, car elle avait saisi aussi que pour Mack Bolan c'était l'unique alternative à une mort minable et dérisoire.

CHAPITRE IV

L'épais brouillard constituait un handicap autant qu'un avantage. S'il assurait à Bolan une carapace quasi impénétrable, il l'empêchait, inversement, d'effectuer sa reconnaissance du terrain. Par conséquent, il devait se fier à son instinct. Un chemin de terre partait de la route à angle droit, pour se terminer plus loin, au fond d'un étroit canyon. Il était barré par une clôture métallique avec un portail de fer verrouillé. Au-delà, on distinguait à peine la masse sinistre et imprécise d'une maison basse, comme accroupie sur le sol. Tout était éclairé, mais avec ce brouillard cotonneux, les fenêtres ne laissaient échapper que de pâles halos de lumière diffuse.

Bolan jeta une pierre sur la clôture. Elle n'était pas électrifiée. Il l'escalada rapidement et se laissa tomber sans bruit à l'intérieur. Le dogue surgit du brouillard presque au même instant, babines retroussées, crocs menaçants et chargea sans avertissement.

Bolan le cueillit en plein bond. Son pied se

détendit et le frappa avec une violence inouïe entre les pattes de devant. Le dogue heurta la clôture et demeura à moitié assommé sous le choc. Il eut des sursauts désordonnés pour se remettre sur ses pattes, toujours aussi menaçant. Le pistolet à air comprimé souffla doucement et la flèche alla se ficher juste au-dessous de la gorge. L'effet fut instantané. L'animal se recroquevilla comme une boule hérissée de poils et bascula paisiblement sur le côté, pour sombrer au royaume de l'oubli.

Bolan s'approcha du chien endormi, retira délicatement la minuscule seringue et poursuivit son chemin. Deux bagnoles étaient garées au bout de l'allée, sur le côté de la maison. La première, celle qu'ils avaient prise en chasse, ne contenait aucun papier d'identification. L'autre, en revanche recelait une carte grise au nom d'un certain James Portillo, domicilié à San Francisco. Le nom du propriétaire évoqua vaguement quelque chose dans le fichier mental de Bolan, mais rien de précis. En tout cas, la domiciliation à San Francisco n'était pas sans intérêt.

Bolan poursuivit son chemin jusqu'à la maison : une baraque plutôt modeste, nichée au flanc de la colline. Une baie vitrée coulissante donnant sur un patio se mit à grincer, dès qu'il l'entrouvrit. Il l'abandonna et entreprit le tour de la demeure pour une reconnaissance minutieuse. Les fenêtres étaient ouvertes et toutes les lumières allumées. Ce qu'il vit à l'intérieur indiquait à coup sûr un « campement provisoire » : ni rideaux, ni volets, le mobilier, pour le moins rudimentaire. La planque comportait trois chambres à coucher, chacune contenant un matelas pneumatique, et une valise ouverte. Dans l'une se trouvait également un fauteuil de toile pliant. Venait ensuite une pièce assez vaste servant à la fois de salon et de salle à manger. Pour tout mobilier, une télé posée sur une caisse de bois, quelques chaises et une petite table. La cuisine attenante, en revanche, était entièrement équipée. Deux types, debout près du four, discutaient avec animation. Dès qu'il les aperçut, Bolan sut qui était James Portillo.

Vivement, il retourna vers le patio et pénétra dans la maison par une des chambres dont la fenêtre était restée ouverte. Un minuscule couloir le conduisit jusqu'à la salle de séjour. Les gars n'avaient pas baissé le ton, et apparemment, ça chauffait dur.

Bolan, son gros Automag au poing, continua d'avancer. Il était presque au milieu de la pièce quand les deux gus s'aperçurent enfin de sa présence.

Comme par magie, un silence épais, tendu, s'abattit sur la pièce, tandis que deux gueules dévisageaient anxieusement l'intrus.

Portillo était un grand baraqué, grisonnant, avec un visage aux traits réguliers. La quarantaine, peut-être. De l'allure, indubitablement. Le profil même du politicien. Il avait fleuri, naguère, dans la Mafia de Cleveland, puis s'était tiré vers l'Ouest avec certains de ses petits copains, quand les choses s'étaient gâtées, sous prétexte de servir de liaison entre son ancienne famille, et celle, prospère et toute nouvelle, qui s'épanouissait grassement sur les Nouveaux Territoires. Puis il avait littéralement disparu de la scène publique, au moment de la campagne d'extermination de Bolan à San Francisco. On murmurait qu'il était mort, ou s'était probablement retiré en Amérique Centrale. Mais son nom apparaissait de temps en temps dans des rapports confidentiels. Bolan l'avait même entendu mentionné durant sa campagne d'Arizona.

En jargon mafia, Portillo était un « graisseur », c'est-à-dire un type entretenant des relations solides avec le milieu des affaires et celui de la politique.

Le type avec lequel il discutait dans cette baraque paumée était par contre totalement inconnu de Bolan et représentait peu d'intérêt. Vingt-cinq ans environ, Sicilien peut-être, mais pas sûr, avec des cheveux bouclés serrés, coupés courts sur des petits yeux ternes.

Les deux hommes, en voyant Bolan, eurent des réactions à la mesure de leur personnalité : Portillo essaya un pâle sourire, tout en levant mollement les mains à la hauteur de ses épaules. L'homme aux petits yeux ternes était visiblement moins futé. Il fit mine de sortir son soufflant du baudrier de cuir. Fatale initiative. L'Automag aboya une seule fois. Deux cent quarante grains de plombs éclatèrent au beau milieu du nez de l'imprudent connard. La calotte crânienne explosa et son contenu sanglant s'en alla gicler sur les murs. Le corps bascula doucement en arrière, pour choir entre les bras tout ramollis du « graisseur » abasourdi.

Portillo ne put réprimer un grand frisson d'horreur. Il baissa vivement les bras pour les débarrasser de leur fardeau répugnant, se dépêchant de les remettre en l'air, histoire d'éviter une confusion.

– Seigneur Dieu! grogna-t-il, les yeux comme englués sur le canon en argent du gros Automag.

– Fais ta prière, Jimmy! ordonna froidement Bolan.

– Pourquoi? gémit le gars d'une voix suppliante. Je ne vous ai rien fait de mal, non?

– Ta vie à elle seule est un péché mortel.

Brutalement, Jimmy le Graisseur parut se décomposer :

– Attendez, attendez! supplia-t-il. Je vous connais, je sais qui vous êtes!

– Bravo, fit l'homme au regard d'acier. Alors je n'ai pas besoin de te faire un dessin.

– Mais vous commettez une erreur! Je suis clair, maintenant. Je me suis retiré.

– Va-t'en le répéter à Mc Cullough, cracha Bolan.

Le regard affolé de Portillo erra quelques instants sur le mur, puis il murmura :

– Qui? Je ne...

L'Automag aboya une seconde fois. Le lobe de l'oreille gauche de Portillo se volatilisa. Il se recroquevilla et tomba à genoux, pinçant hystériquement son oreille amochée pour tenter d'arrêter l'hémorragie.

– Gaffe! déclara calmement Bolan. Le prochain pruneau, tu le prendras dans la gueule, alors parle tant que tu peux encore le faire.

– Je vous le jure, ce n'est pas moi qui les ai envoyés chez lui, geignit Portillo, la voix rauque de trouille. Vous savez bien que ce n'est pas mon style.

– C'est quoi exactement ton style, ces temps-ci? demanda Bolan sur le ton de la conversation.

– Aucun. Je viens de vous dire que...

Il s'arrêta brusquement, comme s'il réalisait seulement la gravité de sa situation. Puis il reprit d'une voix tremblante :

– OK, c'est bon, vous avez raison, c'est pas le moment de jouer sur les mots, pas vrai? J'ignore pourquoi je suis ici, je vous le jure. On m'a dit de venir, et d'attendre. On me ferait savoir quand je pourrais sortir et ce que je devrais faire.

– C'est-à-dire?

– Je l'ignore aussi, mais vous avez raison, c'est en rapport avec Mc Cullough.

– Un type avec ta cervelle devrait pouvoir additionner deux et deux pour comprendre la situation. Alors fais-le à ma place tant que tu as encore des méninges.

– J'imagine... enfin, je suppose que c'est une histoire vaguement politique...

– Ah ah?

– Possible, ouais. D'abord, c'est ma spécialité. Je mets de l'huile dans les rouages, moi, je graisse.

– Tu pourras difficilement graisser Mc Cullough, quand il sera mort.

– Vous y êtes. C'est bien le hic. D'après ce que je comprends, ils m'ont sonné pour prendre sa suite.

– Tu veux dire quand il sera mort?

– Probable, oui.

– Qui veut le supprimer?

– Seigneur, je n'en sais rien! Je vous le jure, Bolan!

– Qui t'a envoyé chercher?

Les yeux de Portillo erraient sur les murs. Il se sentait vraiment mal dans sa peau :

– Je ne sais pas, murmura-t-il.

Pour rafraîchir la mémoire défaillante, Bolan expédia un nouveau pruneau de mort sur le sol, juste entre les deux genoux. Des échardes de bois et des lambeaux de peau giclèrent en tous sens. Portillo poussa un hurlement d'écorché vif, tomba à genoux et roula sur le côté, tâtant son bas-ventre à deux mains pour s'assurer qu'il ne lui manquait rien. Puis à nouveau, il eut un long frisson, avant de déclarer d'une voix blanche :

– C'est Arthur Bloom qui m'a alerté. Il a appelé pour me dire que l'on me voulait ici, et que je devais attendre.

– Qui est cet Arthur Bloom? demanda Bolan.

– Un type de Sacramento.

– Son pedigree?

– Comme moi. Homme politique. Avocat. Bien introduit dans les milieux financiers.

– Et dans ceux de la Mafia, bien sûr, observa Bolan.

– Exact, soupira l'autre.

– Ainsi donc c'est Arthur Bloom qui t'a envoyé.

– Enfin, pas exactement... il m'a plutôt, disons, fait passer le message.

– Le message de qui?

– ... *d'eux*.

– Tu préfères le genou gauche ou le droit, pour commencer? s'enquit paisiblement Bolan.

Non, franchement Jimmy ne préférait ni l'un ni l'autre. Alors très vite, il répondit :

– C'est la nouvelle bande... les jeunes, enfin... vous avez tout foutu en l'air ici, en Californie. Après San Francisco, plus grand-chose ne tenait. Alors, merde, les types ont débarqué, facile, tranquille, comme dans du beurre. Et personne ne sait très bien qui est qui.

– Des gars de l'Est?

– Je crois pas, non. C'est pour ça, vous comprenez, j'ai plus de contact, maintenant, plus de liaison. Je veux dire dans la famille. Tout s'est effondré, tout a disparu, plus rien ne veut rien dire. Vous me comprenez? Je veux dire, ça n'a rien à voir avec le bon vieux temps. Tout est changé. Enfin, presque tout.

– Alors maintenant, tu gicles dès qu'on te sonne?

Portillo lui lança un regard d'animal blessé :

– Non, quand même pas. Laissez un minimum de dignité à mon pauvre ego, je vous en prie. En réalité, je sais qui m'a envoyé chercher, mais je serais incapable de citer un *nom*. Vous comprenez, c'est ce... enfin... ce nouveau « concept », comme ils disent.

Bolan sentit ses cheveux se hérisser sur sa nuque :

– Le « concept » de Californie, tu veux dire ?

– Exact, personne ne connaît personne, et personne ne sait rien. C'est impalpable, si vous voyez ce que je veux dire. Mais n'empêche que ça existe bel et bien. Tout le monde fait gaffe à son cul. C'est comme ça, maintenant, on vous dit : fais ceci et vous avez drôlement intérêt à vous magner le train. Car personne ne sait vraiment d'où ça vient, et si vous ne faites rien : une balle dans le citron et un cercueil de ciment au fond du Pacifique.

– Allons, Jimmy, fais un petit effort : les meneurs sont toujours les mêmes ?

– Peut-être oui, peut-être non. D'ailleurs, je vous l'ai dit on ne sait pas qui est qui. C'est ça, l'astuce. Croyez-moi, le serment du sang, *l'omerta*, et tout le tremblement, ça les fait plus s'agiter beaucoup. Y a rien à trahir maintenant. Et si vous voulez mon avis, Bolan, c'est beaucoup mieux ainsi. Vous ne pouvez pas baver, si vous ne savez rien, non ?

– Faux, rétorqua Bolan. Moi en l'occurrence, je trouve que, tu baves très bien. Continue.

– Mais j'ai plus rien à dire!

– Parlons de Mc Cullough.

Portillo soupira :

– Mc Cullough est fini, condamné. Ils l'ont raté une fois. Ils le rateront peut-être encore, mais tôt ou tard... à propos, comment vous trouvez-vous sur le coup?

Bolan ignora la question :

– Pourquoi est-il condamné?

– Je vous jure que je l'ignore. Sauf que, à l'évidence, il détient quelque chose qu'ils veulent à tout prix. C'est la raison de ma présence ici, pour mettre de l'huile dans les rouages à sa place, quand ils l'auront rectifié.

Portillo fit entendre à nouveau un profond soupir, qui se termina en vague ricanement tandis que son regard s'abaissait sur le tueur quasi décapité gisant à ses pieds :

– Mais ces mecs-là, ces tueurs, ces connards sans cervelle... ils en savent encore moins que moi. Pas plus futé que le chien dressé, là-bas dehors. Vous leur dites de cogner, ils cognent, sans même demander qui, quoi, pourquoi. Des machines téléguidées, pas mieux. Croyez-le ou pas, je ne sais même pas le matricule de ce pauvre con. Ils l'appelaient Junior. En principe, il servait de chauffeur pour les contrats. C'est tout ce que je sais de lui. Moi je ne suis pas comme ça, Bolan. Vous le savez bien... J'ai jamais descendu un mec de toute ma vie.

Bolan le croyait sans mal, mais tuer, après tout, n'était pas le pire des crimes.

Il sortit de sa ceinture une minuscule trousse de soins, et la balança aux pieds de Portillo :

– Tu t'es gagné un peu de temps, fit-il froidement. Tâche de ne pas le gaspiller.

– Si je le gaspille, je suis un homme mort, si je l'exploite, je le suis aussi, observa laconiquement Portillo.

– De toute façon ta vie est aussi creuse que la mort, cracha Bolan avec mépris.

Il sortit rapidement et plongea dans le brouillard.

Ce brouillard, il le savait, était un présage de ce que lui réservait ce Mardi Massacre de Californie.

Il commençait vaguement à sonder le mystère de ce nouveau « concept californien » : sa première caractéristique était la même que celle du brouillard : l'opacité. Une société véritablement secrète, savamment mise en place pour ronger et détruire toutes les richesses de ce grand État florissant.

Mack Bolan, lui aussi, restait invisible, tapi dans le brouillard mais sans doute plus pour très longtemps...

CHAPITRE V

Bolan connaissait bien ce territoire. Très bien, même. Il s'y était rendu tout au début de sa guerre, pour y affronter la mort et la destruction, parcourant les collines et les vallées, semant la terreur depuis le désert jusqu'au rivage de l'océan; une lutte titanesque dans le seul but d'exterminer l'empire croupissant de Julian « Deej » di George, le chef incontesté du secteur ouest. Plus encore que celle de Pittsburgh, la bataille de Los Angeles et de ses environs avait été le point de non-retour où la campagne d'extermination de Bolan avait pris sa véritable dimension de guerre tous azimuts. C'est là aussi que le Grand Homme avait acquis sa vraie maturité de guerrier de la mort. Pour la première fois, il avait véritablement connu l'enfer, et saisi l'envergure de la mission qu'il s'était assignée. Un enfer gigantesque, semblable à une pieuvre monstrueuse cherchant à enserrer dans ses tentacules immondes la totalité du monde civilisé. Oui, la pieuvre Mafia, maléfice omniprésent, phœnix pourri renaissant éternellement des cendres sanglantes du crime organisé. C'est en Californie du sud que Bolan l'avait entrevue clairement pour la première fois, et c'est là aussi que se dessina sa propre mort, celle de l'homme, de l'intérieur. Il était mort à tout ce qui n'était pas sa guerre.

Au demeurant, Portillo n'avait pas tout à fait tort, en parlant de changement radical dans la Mafia californienne. Le coup fatal avait été l'opération de Los Angeles. Celle de San Francisco et plus tard, au sud, celle de San Diego, n'avaient constitué que des batailles annexes, une façon d'assainir l'ensemble du territoire californien. Depuis la chute de Julian di George, on n'avait plus jamais entendu parler d'horreur à *mafiosi* dans le secteur. Jusqu'à aujourd'hui... Quelqu'un, semblait-il, avait pris la relève et reconstruisait activement l'industrie du crime. Bolan n'avait d'autre choix que de découvrir dans les heures, ce nouveau filon, pour le dégoupiller et démanteler ainsi l'infâme industrie renaissante. Perspective peu réjouissante... mais qui s'imposait. Le glas de Los Angeles sonnait une seconde fois dans l'oreille de Mack Bolan.

Il avait lancé la balle dans le camp adverse. Il ne lui restait qu'à attendre une éventuelle réaction de l'autre bord... et être prêt quand elle se produirait. Pour cela, il dépendait en grande partie des compétences techniques de Rose d'Avril.

Elle était tendue, observant attentivement la console de communication, quand Bolan remonta à bord de la caravane.

– Ça s'est passé comment? demanda-t-elle d'une voix à peine plus assurée qu'un murmure.

– C'est vous qui me le direz, répliqua-t-il en se dirigeant vers l'arrière du véhicule pour se débarrasser de son attirail de mort.

– Vous êtes resté si longtemps, gémit-elle. Et j'ai entendu trois coups de feu... Pourquoi n'avoir pas pris un émetteur-radio?

Bolan esquissa l'ébauche d'un sourire :

– OK, la prochaine fois, je tâcherai de trouver une poche pour en caser un. Vous avez récolté quelque chose?

Elle attendit de le voir revenir à l'avant pour répondre :

– Jusqu'à présent, strictement rien. Mais les branchements sont excellents, je le sais. Si mon flair est du bon côté, ils ne devraient pas tarder à produire.

Bolan se prit à songer tout haut :

– Si le gars a joué cartes sur table, peut-être n'a-t-il aucun moyen pour se tirer. Si ça se trouve, il va attendre que ça refroidisse un peu, pour se traîner tranquillement dans sa planque. Laissons-le venir.

– Mack, dites-moi, que se passe-t-il? demanda la jeune femme, essayant de paraître aussi détachée que possible.

– Ne posez pas de questions, répliqua-t-il sèchement.

– Si ! Nous travaillons ensemble, après tout...

Il eut un profond soupir en s'installant aux commandes de la caravane. Il prit son temps pour allumer une cigarette, et répondit enfin :

– Oui, c'est vrai, Rose. Excusez-moi. Bien sûr, vous avez le droit de savoir. Que voulez-vous, je crois que je ne sais plus travailler en équipe.

– Parce que vous me considérez comme une équipière ? ironisa-t-elle, en posant sur lui ses merveilleux yeux lumineux.

– Une équipière qui n'a pas beaucoup d'expérience, gloussa-t-il. L'individu que vous avez branché sur écoute est un certain Jimmy Portillo. Il s'est installé dans l'Ouest au moment de la migration d'après-guerre des grandes familles de la Côte Est. A l'époque, ici, c'était un territoire ouvert, libre depuis les Rocheuses jusqu'au Pacifique. Personne n'y possédait de fief. Tranquille comme Baptiste, di George a planté sa tente en Californie du sud, pendant que *Don* di Marco rongeait paisiblement la bonne société de San Francisco. De son côté, Bugsy Siegel ouvrait le feu à Las Vegas et s'attribuait l'industrie du cinéma. Puis un beau jour, Portillo est arrivé. Le type n'avait aucune surface officielle, et apparemment aucun pouvoir solidement établi. Mais à lui tout seul, il en a fait plus que tous les autres en structurant la Californie, assurant ainsi la puissance inconstestée de di George. Au nord, seul di Marco s'est débrouillé pour garder ses petites plates-bandes à peu près claires, mais tout le reste de l'État appartenait à Deej. Et ce, grâce à Jimmy le Graisseur. Puis, quand l'enfer a explosé ici, Jimmy, sans tambour ni trompette, a simplement disparu de la scène. C'est un politicien, pas un bagarreur. Et la diplomatie n'était plus de saison. Aujourd'hui, j'ai l'impression que quelqu'un essaie de reprendre les rênes. Et Portillo pourrait regagner de son influence.

Bolan ajouta avec un sourire malicieux :

– Alors attendons un petit moment, voyons ce que ces ficelles dont vous avez le secret vont nous rapporter.

– D'après vous, il essaierait de remettre sur pied la vieille organisation?

Bolan secoua la tête :

– Non. Il s'agit sans doute d'une nouvelle. Probablement plus vaste et plus puissante encore que la précédente. Et mille fois plus meurtrière aussi. Portillo apparaît comme le concepteur rêvé. Il connaît parfaitement l'ensemble du territoire.

– Et comment compte-t-il s'y prendre?

Bolan soupira :

– En tablant sur l'imperfection humaine, répondit-il doucement.

– Que voulez-vous dire?

– Un *mafioso,* expliqua Bolan, est par définition un individu cynique. Il fonctionne en s'appuyant sur les vices et les travers les plus anciens de l'humanité. Tout homme est vénal. Seul le prix diffère d'un individu à l'autre. Un *mafioso* table religieusement sur ce postulat. Et Jimmy le Graisseur était un artiste en la matière. Un véritable génie quand il s'agissait de vendre ou d'acheter l'âme de ses semblables. C'est ainsi que les syndicats du crime acquièrent leur puissance. Le cynisme paie toujours.

– Etes-vous cynique, vous aussi? demanda doucement Rose.

Il eut un sourire grinçant, parut réfléchir quelques instants à la question, avant de répondre :

– Oui, un brin, sans doute.

– C'est-à-dire?

– Je crois en l'imperfection de certains individus.

– Je vois, murmura-t-elle. Raison pour laquelle vous ne faites aucune confiance à notre système de justice.

– Rien à voir, rétorqua-t-il d'une voix lasse.

Il ne voulait surtout pas se laisser entraîner dans une nouvelle discussion sans issue, aussi reprit-il :

– La justice établie, légale ou pas, ne m'intéresse pas. Ce n'est pas mon problème. Moi, je fais une guerre. Alors...

Il s'interrompit. La console de détection venait de s'éclairer. Portillo passait un coup de téléphone. Le décrypteur sonore transmit les chiffres composés et le numéro demandé apparut bientôt sur l'écran de lecture. C'était un numéro du secteur de Los Angeles. Rose l'enregistra immédiatement et lança un regard triomphant à Bolan, en lui passant les écouteurs. Il hocha la tête et marmonna :

– C'est sans doute la bonne touche.

En effet.

Portillo avait pris le temps de récupérer, et probablement de soigner ses écorchures. En même temps, il avait certainement réfléchi. Quoiqu'il en soit, dix minutes à peine s'étaient écoulées depuis son face à face avec Bolan, et il avait retrouvé sa voix mielleuse.

– *Allô! Qui est à l'appareil?*

– *Oui, ici Jimmy. Mauvaises nouvelles.*

– *Une minute. Coupez pas.*

Bref silence. Puis une nouvelle voix :

– *Que se passe-t-il, Jimmy?*

Un accent familier, dans cette voix. Un timbre vaguement connu.

– *Salut. La merde, j'en ai peur. Ça a foiré.*

– *Pourquoi, nom de Dieu?*

– *Quelqu'un, là-bas, poireautait à les attendre. Et il les a cueillis vite fait bien fait. Les gus ont plongé dans la grande infortune et n'en sortiront hélas plus jamais. Ils y sont tous restés.*

Long silence, puis :

– *Tous, tu dis?*

– *Ouais, j'en ai bien peur. Y a que Junior qui s'est trissé, et franchement pour un con, il pouvait pas mieux faire, crois-moi.*

Jurons étouffés, puis :

– *Qu'est-ce qu'il a branlé?*

– Rappliqué droit ici comme un dard. Et bien sûr, il a traîné l'enfer à ses fesses. Pas croyable, non? Plus connard, t'as déjà vu?

– De quel enfer tu parles?

– Le meilleur. Le pire, si tu préfères. J'étais juste en train de lui expliquer comment il faut savoir parfois se servir de son ciboulot, quand ce gars a débarqué, sorti tout droit du brouillard.

– Quel gars? s'enquit la voix vaguement familière.

– Ça va te faire une surprise pas bien agréable, fit Portillo. *Accroche-toi aux branches.*

– Cite pas de nom au téléphone, tu veux?

– J'en avais pas l'intention. D'ailleurs, c'est pas nécessaire. Tu te rappelles ce qui est arrivé à Deej? Eh bien le mec est de retour, il essaie de faire re-belote.

Grognement rauque à l'autre bout du fil, puis vivement :

– T'en es sûr?

– Tu parles! Pas de confusion possible. On est restés à se regarder dans les yeux pendant cinq minutes au moins. Et crois-moi, il a pas été du genre tendre avec moi. Ecoute bien, ce mec, il est pas en-dessous de sa réputation, je peux te l'assurer. Il est même pire que ce que l'on dit. Et moi je suis un sacré veinard d'enfant de salaud. Je te jure que j'ai eu du bol.

Portillo commençait à devenir lyrique, mais l'autre voix se fit plus froide :

– Qu'est-ce que tu lui as balargué pour t'en tirer à si bon compte, Jimmy?

– *Un gus pareil, tu lui balargues rien, Charlie!*

Charlie! Bien sûr!

– *Tu lui fais des phrases, tu baratines autant que tu peux et pendant ce temps tu fais ta prière. T'inquiète pas, je lui ai rien refilé. Il m'a tiré deux fois dessus, et il s'est barré.*

– *Il t'a tiré dessus! C'est ça que tu dis?*

– *Cool, tu veux? Rien de grave. Je vais très bien. J'ai fait le mort. Mais Junior, le pauvre, il n'a rien eu à faire. Il était bel et bien mort, lui. Va falloir lui fabriquer un linceul de ciment. Je ne sais pas trop ce qu'il a raconté à notre ami, mais en tout cas, il a pas trop su exciter une pitié délirante, parce qu'il a dégusté en pleine poire.*

– *Attends une seconde,* coupa Charlie. *Voyons un peu si j'ai bien compris. Tu dis que Junior a...*

– *Ouais, il a jacté, c'est tout ce que je sais. J'ai dû perdre connaissance un moment, alors je ne sais pas très bien ce qu'il a dit. Quand je suis revenu à moi, Junior suppliait que l'autre l'épargne en assurant qu'il avait dit la vérité. Faut comprendre, vois-tu! Il m'avait déjà refilé deux pruneaux. J'étais affalé par terre. Et tout d'un coup, floc, voilà que Junior s'affale à son tour, seulement lui, il a eu moins de bol. Mais franchement, je ne sais pas très bien ce qu'il a raconté. Cela dépend sûrement de ce que savait Junior, et moi je ne suis pas au parfum. Je te laisse donc juge. Mais écoute un peu, ce gars s'est tiré comme un fou. Il avait l'air dément, avec des yeux tout injectés de sang, alors sans doute, tu ferais mieux de...*

– Ça s'est passé quand, exactement?

– Maintenant, pardi! Il n'y a pas trois minutes.

– OK. Comment est le brouillard, là-bas?

– Une infamie.

– C'est bon. Que peut-on faire pour toi?

– Je ne sais pas, Charlie. Dans l'immédiat, rien, je suppose. Mais cette histoire me rend nerveux comme une puce. Et je me fais un sang d'encre. Faudrait peut-être passer le mot, non? C'est la grosse merde, Charlie, tu sais.

– Tu parles si je le sais. OK. Merci. T'as besoin d'un toubib?

– Non. C'est pas grave, je peux me soigner seul. Mais je t'en prie, occupe-toi d'eux.

– Je vais les appeler pour leur dire. Ils décideront eux-mêmes...

– Oh bien sûr, approuva vivement Portillo. *Dis-leur tout. Et fais gaffe. Tu sais comment il opère, ce gars. Vif comme l'œil, rapide comme l'éclair.*

– Ouais. OK et merci. On s'appelle dès que possible. Où seras-tu?

– Je vais me prendre une chambre à l'hôtel. C'est moi qui te contacterai.

– C'est bon.

L'homme qui raccrocha à l'autre bout paraissait drôlement troublé. Quant à Jimmy le Graisseur, il eut un long soupir avant de reposer son combiné.

Bolan, pour sa part, avait déjà mis son moteur en marche, et la caravane reprenait la route de la ville. Rose d'Avril avait le regard morose.

– Beau boulot, fit Bolan. Gardez-le sur écoute. Vous avez ce numéro?

– Oui, grommela-t-elle.

– Parfait. Faut me trouver le nom et l'adresse du correspondant. Faites-vous connaître auprès du service compétent, si besoin est, peu importe.

– Vous aurez les coordonnées, assura-t-elle. Mais, dites-moi, il disait la vérité?

– Qui?

– Lui, bien sûr, Portillo. C'est bien ainsi que cela s'est passé?

– Qu'en pensez-vous? bougonna Bolan.

– Je pense que votre guerre est bien imparfaite, elle aussi, observa doucement Rose.

Ouais, peut-être bien. De toute façon, Bolan n'avait pas le temps de s'expliquer maintenant. Et puis, il commençait à en avoir assez de ces critiques constantes plus ou moins exprimées... mais là aussi, le moment était mal choisi. Parfaite ou pas, une guerre se transformait vite en une terreur blanche, en incendie dévorant et incontrôlé. Cette jeune femme devait consulter les employés du téléphone au plus vite. Après, on verrait.

En réalité, Bolan savait déjà le nom du correspondant de Portillo. Il avait tout de suite reconnu la voix grinçante, un peu métallique.

Un écho du passé... d'un passé bien sanglant, même.

C'était la voix de Charlie Rickert, un individu connu et respecté, autrefois, sous le nom du « flic non-stop ».

CHAPITRE VI

A une époque, Mack Bolan avait été l'homme le plus recherché du pays. Les polices de tous les États, alliées aux forces fédérales tentaient de le suivre à la trace, et réagissaient massivement sitôt que sa présence était signalée quelque part sur le territoire des Etats-Unis. Tim Braddock, un policier d'envergure nationale, avait été chargé de conduire cette « chasse à l'homme » mission qui l'avait très vite rendu célèbre. Il avait passé un temps considérable, dépensé une énergie titanesque à traquer l'homme aux quatre coins du pays. Il avait travaillé main dans la main avec les polices locales, et rapidement il était devenu à la fois expert et consultant pour tout ce qui touchait au cas Bolan.

Pourtant, secrètement, Braddock avait toujours espéré que le « cas » Bolan ne serait jamais définitivement résolu; que ce type – cet énergumène, pourrait-on dire – sauterait de victoire en victoire; qu'il atteindrait enfin le but ultime qu'il proclamait s'être fixé : débarrasser le monde du cancer de la Mafia. Nul ne lui laissait beaucoup de chances, c'est vrai, mais manifestement Braddock n'était pas le seul policier à espérer dans son for intérieur, le voir triompher avec éclat.

Cette chasse dont Bolan était le gibier avait fait beaucoup de bruit, soulevé d'intenses passions puis peu à peu, les différentes commissions chargées de la sécurité nationale avaient entrouvert les yeux pour s'apercevoir du fantastique impact destructeur de l'Exécuteur sur les structures jusque-là inébranlables du monde de la Mafia. Du coup, la politique fédérale avait lâché du lest, et depuis longtemps déjà, il était pratiquement impossible d'avoir accès aux documents fédéraux concernant Mack Bolan. Un bruit émanant de sources secrètes, mais apparemment fiables, courait dans les milieux bien informés, selon lequel Harold Brognola lui-même aurait été un défenseur officieux de la croisade de Bolan. Et l'on murmurait maintenant que la Maison Blanche préparait une mesure spéciale d'amnistie pour tenter de récupérer à son service ce « fou du crime » jusqu'ici insaisissable.

Braddock avait suivi ce revirement d'attitude avec le plus grand intérêt. Depuis toujours, il avait ressenti une profonde admiration pour l'homme, même tout au début, quand la foule dans les rues réclamait à cor et à cri la tête et le sang de Bolan; bien avant même que lui-même, Braddock, policier de renom, ne se retrouve blessé, saigné à blanc par les couteaux de la Mafia, qui l'auraient sans aucun doute achevé sans l'intervention providentielle de « l'homme le plus recherché du pays ».

Oui, ce jour-là, la prise de conscience avait été rude pour un flic loyal : celui que l'on traitait d'enragé, et pour lequel on avait ordre de tirer à vue, lui avait simplement et gratuitement sauvé la vie.

Vrai pourant; le type avait commis à peu près tous les crimes qui lui étaient reprochés, et Dieu sait s'ils étaient sanglants. Mais à y regarder de plus près, les seules victimes de la guerre de Bolan étaient des professionnels du crime, des ordures de la pire espèce. Jamais, même dans les épisodes les plus tragiques de cette guerre insensée, Bolan n'avait versé le sang des innocents.

Non, décidément Tim Braddock ne parvenait pas à voir en Bolan un criminel ordinaire. D'ailleurs, était-il seulement un criminel? Le type était un héros au sens littéral du terme. Il méritait une parade d'honneur avec tambours, fanfare et majorettes, dans toutes les villes du pays. Il fallait donner son nom à des rues, le citer en exemple dans les écoles, conter son histoire extraordinaire, le soir à la veillée... En tout cas, il méritait au moins d'être rayé des listes de personnes recherchées et de voir graver son nom quelque part sur un gigantesque bloc de granit, pour en faire un exemple extraordinaire du courage et de l'engagement humain.

Hélas, pour l'instant, son nom n'avait été

rayé de nulle part, et ici même, à Los Angeles, la police possédait une accumulation considérable de charges contre lui. Or, quel que soit son sentiment personnel, Tim Braddock était un policier, Mack Bolan, un fugitif. Aussi quand une âme bien intentionnée l'informa de la présence de Bolan dans le secteur, elle n'éveilla pas chez lui un immense élan d'enthousiasme.

D'autant que Braddock n'éprouvait guère de tendresse pour ladite âme bien intentionnée.

– Je n'ai rien à te dire et ne veux rien entendre de toi, Rickert, grommela-t-il dans le téléphone.

– T'as tort, Tim, fit l'ex-flic déchu. Je te fais une fleur, tu sais.

– Va donc la faire à quelqu'un d'autre, rétorqua paisiblement Braddock, sur le point de raccrocher.

L'autre prononça le nom magique :

– Mack Bolan est de retour.

Sans répondre, Braddock alluma une cigarette et essaya de rassembler ses pensées. Rickert avait été un policier pourri, véreux, mais il n'était pas dingue, loin de là. D'autant qu'il tenait Bolan pour principal responsable de sa propre déchéance des rangs de la police. Oui, dans son petit crâne tordu, il avait bien des raisons de haïr l'Exécuteur.

– D'où sors-tu l'information? demanda Braddock.

– Allons, tu me connais, répliqua légèrement le flic déchu. J'ai gardé mes sources. En tout cas tu peux me croire. Ce que je viens de te dire, c'est parole d'évangile. Il est ici, je te le garantis.

– Et pour quelle raison?

– Devine. Tu devrais aller jeter un cil au domicile de Bill Mc Cullough. Paraît qu'il y a eu du grabuge chez lui, ce matin. Et puis, si t'as un crayon sous la main, je te refile une adresse à Topanga Canyon. Je sais que c'est pas sous ta juridiction mais...

– J'ai un crayon. Accouche! coupa sèchement Braddock.

Rickert refila l'adresse, et ajouta :

– Je n'ai pas vu notre ami personnellement, mais je connais un individu parfaitement fiable qui s'est trouvé nez à nez avec lui. D'ailleurs là-bas, si tu y vas, tu reconnaîtras le décor habituel : y a pas à s'y tromper. Je pensais que ça t'intéresserait de savoir...

– Ton témoin, tu serais prêt à me l'amener? demanda Braddock.

Question de pure forme. Rickert se mit à rigoler et répondit :

– Notre ami ne laisse pas beaucoup de témoins derrière lui, n'est-ce pas? Mais je me disais que t'aimerais peut-être être fin prêt pour le feu d'artifice.

Braddock soupira avant de déclarer :

– J'ai pas à te dire qu'il est illégal de faire courir de faux bruits, plus encore d'en informer la police. Et j'espère de tout cœur que ça le soit, Rickert.

L'ex-flic eut un petit rire finaud :

– N'y crois pas trop, si tu veux mon avis. Pourquoi j'irais te déballer des salades? Tu crois que j'ai pas eu mon compte avec la police? Après tout, j'ai tout perdu dans l'affaire de ce salopard : mon job, mon pognon, ma réputation. Tout ça à cause de ce pourri de psychopathe malade et dingue.

– Bolan n'a rien d'un psychopathe, soupira Braddock, et toi t'as rien perdu, t'as tout gâché par ta faute. Si c'était que moi, à l'heure qu'il est, tu serais au trou, nulle part ailleurs. Rien que d'entendre ton nom, ça me donne envie de gerber, si tu veux savoir. Alors écoute un peu, Rickert, t'es gentil, tu m'appelles plus jamais. Compris?

Sans attendre la réponse, il raccrocha, et poussant le calepin sur son bureau, regarda quelques instants le téléphone avec fureur.

Merde, merde, merde!

Il y avait maldonne. Ce n'était pas le bon qu'il fallait pourchasser.

Braddock soupira en décrochant à nouveau son téléphone.

– Passez-moi Washington en direct! aboya-t-il. Pas le circuit normal, je veux Brognola en personne. Département de la Justice. Prenez la ligne rouge. Je ne veux pas un sous-fifre, je le veux lui, et personne d'autre. Dépêchez-vous! Je ne bougerai pas d'ici avant d'avoir eu la communication!

Braddock, pourtant, savait très bien qu'en ne bougeant pas d'ici, comme il disait, il restait assis sur une bombe à retardement...

Mais il lui fallait savoir, nom de Dieu! Il ne pouvait rien faire avant d'être sûr.

*
**

C'était un de ces immeubles modernes récemment édifiés tout en haut de Sunset Boulevard, abritant à la fois des bureaux et des appartements. A en juger par l'ampleur de ses locaux, la Société de Surveillance et de Protection était une entreprise prospère. Elle assurait la sécurité de l'immeuble où se tenait son siège, bien sûr, mais aussi celle de bon nombre de clients, industriels ou hommes d'affaires, établis dans le secteur. On pouvait s'apercevoir, grâce aux registres de commerce, que la plupart de ces clients étaient sous le contrôle financier de la Société californienne d'investissement, dont Mc Cullough était l'actionnaire majoritaire. Joli marchepied, pour des salopards désireux de reconstruire un empire véreux.

Bolan, vêtu d'un superbe costard de mafioso, affublé de l'éternelle paire de lunettes noires, passa sans encombres l'examen glacé de la caméra de détection placée à l'entrée. La porte s'ouvrit avec un sourd bourdonnement, dès qu'il l'effleura. Un gars en uniforme clinquant était installé à un petit guichet rond, près de la porte. A ses côtés, trônait une impressionnante batterie d'écrans, voyants, signaux lumineux et autres perfectionnements électroniques. Au fond de l'entrée, deux autres gars étaient assis à un bureau et un quatrième travaillait à un ordinateur.

L'homme, dans sa guérite, poussa vers Bolan un grand livre ouvert. Bolan signa le registre du nom de *d'Anglia,* et le rendit au gus.

– Qui désirez-vous voir, monsieur? fit le garde avec un demi-sourire.

– Rickert. Ma visite ne le surprendra pas, répliqua Bolan avec un rapide regard circulaire.

Le garde inscrivit quelque chose sur le registre avant de déclarer :

– Vous connaissez le chemin, je suppose?

Oui, Bolan n'était pas vraiment paumé : il venait de repérer une porte portant l'inscription en lettres dorées : Inspecteur Principal. Et dessous, en lettres plus petites : Charles J. Rickert.

Apparemment, c'était là un exil sans douleur ni trop d'inconfort, pour un flic véreux viré de l'active.

Bolan l'avait vu une fois, mais le souvenir qu'il en gardait était nébuleux, fortement coloré d'émotions. Il n'était que lieutenant à cette époque et leur affrontement s'était produit à un moment où Bolan était physiquement autant qu'émotionnellement épuisé. Rickert semblait avoir perdu l'esprit. Cela se passait sous les falaises de Balboa, par une nuit sombre et tragique. Le lieutenant s'apprêtait à descendre à bout portant un de ses collègues policiers – Carl Lyons pour ne pas le nommer, un flic hors pair qui devait devenir plus tard un fédé camouflé, et dont la route allait croiser souvent le chemin sanglant de Bolan. Dans le feu de l'action, Rickert n'avait probablement pas vu Bolan, et quand bien même l'aurait-il vu, il ne risquait pas de le reconnaître aujourd'hui. Peu de temps après cet affrontement de sinistre mémoire, le Dr Brantzen de Palm Desert, un as de la chirurgie esthétique avait « dessiné » sur le visage du Grand Homme ce fameux masque de combat derrière lequel Mack Bolan se cachait depuis. Les portraits robots mis au point par la police n'avait jamais réussi à saisir ce qui faisait l'originalité de ce nouveau visage, et aucun des rares mafiosi survivants n'avait su donner une description du monstre vaguement entrevu. Tous se contentaient généralement de parler du « regard glacé » de la mort, et le souvenir qu'ils en gardaient les laissaient encore frissonnants d'effroi.

Bolan savait donc ne pas courir de risque à pénétrer au grand jour dans les lignes ennemies. En outre, il était passé maître dans l'art du camouflage, et pouvait choisir de jouer n'importe quel rôle.

En l'occurrence, il s'était transformé en *torpedo mafioso*[1], et Charlie Rickert, le « flic non-stop », semblait y mordre dur comme fer.

A côté de Rickert, trônait un écran de télévision et, un peu plus loin, un tableau de commande hyper-sophistiqué lui permettant de

1. Torpille.

faire apparaître sur l'écran les différents circuits surveillés, placés sous sa juridiction. Pour l'instant, la caméra visionnait le hall de réception, juste derrière la porte. Rickert avait donc vu son visiteur.

Il ne bougea pas pour accueillir son hôte et il n'y eut entre les deux hommes aucun échange de politesse. Bolan se dirigea directement vers la fenêtre, alluma une cigarette, et resta planté là quelques instants, tournant le dos au bureau.

– Il y a une sacrée bulle, fit-il tranquillement.

– Parce que vous croyez que je ne suis pas au courant, marmonna Rickert. J'espère que vous n'avez pas fait le déplacement dans le seul but de m'affranchir!

Non, décidément, la voix n'avait pas changé. Physiquement, l'homme n'était plus exactement le même. Il frisait probablement la cinquantaine, maintenant; ses cheveux avaient beaucoup blanchi. Il les portait en brosse, très courts. Bolan avait oublié qu'il se coiffait ainsi. Et puis, il était plus lourd, plus trapu, aussi. Mais il restait bien le même homme. Bolan se détourna de la fenêtre avec un sourire pincé :

– Il y a des gus qui ont les foies, déclara-t-il.

– Manquerait plus qu'ils restent peinards, remarqua Rickert en regardant son visiteur pour la première fois.

– Et vous, vous en êtes où?

– Moi aussi, pardi, j'ai les foies. Mais c'est mon boulot de me faire du mouron.

Bolan se retourna vers la fenêtre, tripota un instant les stores à lamelles. Puis brusquement, il traversa la pièce et vint s'asseoir sur le coin du bureau de Rickert.

– Ote ton cul de ma table, tu veux! grommela Rickert.

– Ote-le toi-même, si tu y tiens, proposa aimablement Bolan-d'Anglia.

– Mettons les choses au point une bonne fois! aboya Rickert. Moi, tes salades et tes manigances, j'en ai rien à branler. Alors, la prochaine fois, tu les laisses à la porte, compris?

Bolan eut un petit gloussement pervers. Il se redressa et commença d'arpenter lentement la pièce.

– Vous avez raison, déclara-t-il au bout d'un moment. Ça serait idiot de partir du mauvais pied. Puisqu'on doit faire route ensemble sur cette affaire, autant...

Rickert lui coupa sauvagement la parole :

– Qui parle de faire route ensemble?

– Les cinq cadavres d'aujourd'hui.

Le « flic non-stop » était blême de rage :

– Personne ne m'a dit...

– Personne a rien à te dire. Il y en a d'autres, figure-toi, qui ont bien plus à perdre.

– Quels autres?

– J'ai dit, bien plus à perdre. Tu comprends quand je te parle?

Là oui, il avait pigé, Rickert. Il rougit brusquement, et avança un bras rageur vers le téléphone.

– C'est quoi, votre nom, déjà?

– T'inquiète pas de mon nom, tu veux, répondit tranquillement Bolan. T'as qu'à leur dire que Casseur est arrivé. Ils en rapporteront directement à moi tant que le sac ne sera pas vidé. A moi, et à personne d'autre. Compris? C'est important. Les autres connexions, elles sont toutes coupées.

Rickert lui lança un regard étincelant de fureur, puis demanda d'une voix de marbre :

– Ils feront comment pour vous contacter?

– Qu'ils appellent ici, fit Bolan-d'Anglia-Casseur.

Rickert fronça les sourcils, hésita un instant, sa main toujours posée sur le téléphone.

– C'est pas une idée vraiment maligne, observa-t-il d'une voix contenue. On a pas intérêt à rester collés l'un à l'autre, par les temps qui courent.

Bolan n'était pas mécontent de l'entendre parler ainsi. Il s'approcha du bureau, griffonna un numéro de téléphone sur le calepin de Rickert.

– T'as raison, fit-il. File-leur ce numéro. La ligne est protégée, claire comme de l'eau de roche. Dis-leur qu'ils peuvent y aller franco.

Mais l'ex-flic n'avait toujours pas l'air tranquille.

– Vous voulez qu'ils vous contactent?

– Seulement s'il y a urgence, répliqua Bolan.

C'est lui qui donnait des ordres maintenant, et il se sentait parfaitement à l'aise.

– Toi, t'es pas compté dans le lot, reprit-il. Je veux que tu me tiennes informé heure par heure. T'as pigé? Je veux tout savoir, absolument tout.

Et déjà, il se dirigeait vers la porte.

– Attendez une seconde! glapit Rickert.

Bolan continua imperturbablement jusqu'à la porte avant de se retourner :

– Qu'est-ce qu'il y a?

– Que faut-il?... enfin, que voulez-vous?...

– Qu'est-ce que t'as fait, jusqu'ici?

Rickert lui lança un regard fielleux. Il se leva en déclarant :

– J'ai foutu tous les flics sur les dents. Je leur ai signalé les points chauds, et j'ai fait sortir les meilleurs limiers.

– Pour quoi foutre?

– En prévision. J'imagine qu'ils vont lui coller le feu aux fesses, sitôt qu'il se profilera, ce fils de pute. Après tout, ajouta-t-il grinçant, c'est leur boulot, non? Les flics, ils sont payés pour protéger les honnêtes gens.

– Parce que tu crois qu'avec les flics, ça risquera pas de péter? s'enquit Bolan, sardonique.

– Pourquoi ça pèterait? On est complètement couverts. Je lui ai même foutu des cibles bidon, à l'ordure. Comme ça il pourra foncer dans le tas et s'aiguiser les dents, le temps que la police l'alpague. Vous inquiétez pas, j'ai les choses en main. Et vous pouvez le dire à votre chef. Maintenant j'aimerais savoir *où* vous entrez dans la danse?

– Je te l'ai déjà dit, il me semble, rétorqua froidement Bolan. Passe-leur le mot, aux autres, sinon, tant pis pour toi.

Le regard de Rickert vacilla.

– D'accord, maugréa-t-il. Je voulais simplement dire que...

– Ça va, j'ai compris, grogna Bolan. Continue de garder les choses en mains. Tu sauras quand j'aurai besoin de toi. Et surtout, tiens-moi au courant.

Il sortit nonchalamment, adressa un mot aimable au type dans la guérite, puis se tira en vitesse.

Il avait joué tout en finesse. Pas trop, mais juste assez pour jauger la force de l'ennemi, et la tourner à son avantage.

Qu'il se les mange à présent, ses cibles bidons, Rickert.

L'heure n'allait plus tarder où les autres se manifesteraient.

CHAPITRE VII

Bolan avait parfaitement manœuvré. Son action avait été un véritable succès. Pourtant il éprouvait un curieux sentiment de malaise, difficile à préciser. Apparemment, il avait situé et investi ce qui constituait le centre nerveux de l'opération de Los Angeles. Sans peine, il avait blousé le chef de la Sécurité et truffé l'endroit de micro-émetteurs-détecteurs. Le matériel utilisé était presque infaillible. Une merveille de la technique électronique. D'abord, un minuscule transrécepteur assorti d'une micro-batterie, sagement niché dans le mur extérieur du building, au niveau du rez-de-chaussée. Trois autres micro-détecteurs d'une sensibilité exceptionnelle judicieusement placés, sous la guérite de réceptionniste de l'entrée, près de la fenêtre du bureau de Rickert, et enfin, sous l'appui même de sa table-bureau, juste à côté du téléphone. Visiblement, Bolan n'avait failli sur aucun point. Alors, pourquoi ce sentiment de malaise? Le coup du *torpedo,* Rickert l'avait gobé tout cru en prenant Bolan pour l'émissaire fouineur d'un chef haut placé.

Mais pourquoi donc cette sensation bizarre, inexplicable? A méditer...

Bolan avait planqué la caravane deux rues plus loin, dans un quartier résidentiel. Il la regagna en faisant un large détour, s'assurant ainsi qu'il n'avait pas été suivi. Il monta à bord, établit le contact avec la compagnie du téléphone. Il était toujours la proie de cette étrange angoisse quand il entendit la voix chaude et familière, dans l'appareil mobile :

– Opératrice spéciale.

– C'est fait, déclara-t-il, laconique. Où en êtes-vous, de votre côté?

– C'est une affaire qui tourne, répliqua-t-elle sans parvenir à dissimuler son excitation. Il est en conversation avec quelqu'un, en ce moment même. Je l'enregistre. Sitôt terminé, je vous branche la bande directement. Ça s'est passé comment, vos petits travaux de décoration?

Bolan sentit un frisson perfide lui parcourir l'échine. Il essaya de ne pas y prêter attention. Etait-ce à cause de son « opératrice spéciale » qui le rendait de plus en plus nerveux? Il préféra ignorer la question. Pour le moment.

– Tout s'est très bien passé, répondit-il, apparemment... Vous êtes sûre que tout va, pour vous?

Elle avait senti la tension de sa voix. Aussi répondit-elle légèrement :

– Oui, bien sûr, aucun problème. Mais pourquoi cette inquiétude?

– Une sensation bizarre qui ne me quitte pas, expliqua-t-il. Une espèce de sixième sens. Parfois, je sens la poudre bien avant que mes sens et mon cerveau ne la détectent. Il faut que vous soyez très vigilante. Ces gars n'y vont pas de mainmorte. Ils possèdent un service de protection et de contre-intelligence très solide. Il faudra jouer très serré. Dès que je vous rappelle, rappliquez en vitesse, ne perdez pas une seconde. C'est un ordre!

– OK, fit-elle d'une petite voix soumise, l'esprit obstrué par ses tribulations de la veille.

Bolan coupa le contact et se mit au travail. Il enclencha un programme sur la console de détection qu'il brancha à son tour au lecteur informatique. Après quoi, il s'installa au volant de la caravane et s'éloigna rapidement.

L'opération suivante était une ronde d'inspection dans les rues voisines de l'immeuble de la Société de Surveillance et de Protection. Son objectif : un espionnage-audio. En terrain dégagé, le minuscule transrécepteur fonctionnait au mieux de ses capacités; sur un rayon d'un kilomètre et demi. Niché au niveau du rez-de-chaussée d'un immeuble entouré d'une multitude de buildings, il ne pouvait transmettre que dans un rayon de huit cents mètres. Mais il n'en était pas moins une merveille du genre. Pourvu d'une batterie et d'un magnéto, il fonctionnait pendant des heures d'affilée. Il s'enclenchait automatiquement et pouvait stocker près d'une journée d'enregistrements. En outre, Bolan pouvait le commander à distance, à partir de la console de détection de la caravane, passant ainsi de la phase enregistrement à la phase émission, avec retour en arrière, sélection d'écoutes reliées directement à l'ordinateur du bord, classant les données d'une utilisation non immédiate, comprimant des plages, renouvelant les capacités de sa bande magnétique.

Bolan appuya sur la touche « retour », pour apprendre ce qui s'était passé au QG de Rickert depuis son départ. Le temps du rembobinage de la bande, et le voyant « départ » s'éclaira. Bolan appuya sur la touche « lecture » et entendit immédiatement sa propre voix, résonner, morne et monotone, dans l'ampli de la console :

– *Il y a des gus qui ont les foies.*

Puis la voix de Rickert, distante, comme étouffée :

– *Manquerait plus qu'ils restent peinards.*

Bolan appuya sur la touche de déroulement accéléré, pour reprendre la conversation un peu plus loin. A nouveau la voix de Rickert :

– *Je voulais simplement dire que...*

Puis celle de Bolan, un peu brouillée :

– *Ça va, j'ai compris. Continue de garder les choses en mains. Tu sauras quand j'aurai besoin de toi. Et surtout, tiens-moi au courant.*

Suivaient des voix masculines un peu étouffées, mais calmes. Un bruit de pas et, brusquement, la voix de Rickert :

– *Tu l'as bien reluqué?*

Une autre voix inconnue :

– Pas vraiment. Mais je suis sûr de n'avoir jamais rencontré ce gus avant.

Rickert :

– Et son nom, il te dit quelque chose?

– Quoi? Casseur? Non, c'est sûrement un...

– Bien sûr, c'est un surnom! Mais il a signé d'Anglia.

– Y a une famille de ce nom là, dans l'Est.

– Ouais, ouais, je sais qui tu veux dire. Tu parles si je les connais! Ils sont...

– C'est un fouineur, Charlie, je te le dis. Le coup classique. Clair comme de l'eau de roche. Les mecs comme ça, on sait ce que ça veut dire. Pas même utile qu'ils signent le registre.

– Merde alors. Je vois ce que t'as dans l'idée. En fait de tuile, ça pouvait pas tomber plus mal. Et tu penses qu'il ne vient pas seulement de débarquer ici frais comme l'œil, ce matin à l'aube!

– Comme tu dis! Nom de Dieu, je donnerais cher pour savoir aux frais de qui il crèche! Et je suis sûr qu'il connaît la chansonnette de A jusqu'à Z.

– Ça fait guère de doute, si tu veux mon avis. Putain de merde, mais qu'est-ce qu'il vient foutre ici? Quelqu'un de haut placé le paye pour renifler dans nos affaires. Je me demande depuis quand il est ici à moucharder.

– Bof, depuis toujours, probablement. Je te l'ai dit, mes amis à moi sont méfiants comme des chats qui pissent dans la braise. Feraient pas confiance à leur vieille maman. Je te parie qu'ils

nous ont à l'œil sans même qu'on s'en soit rendu compte. Je te le dis, moi...

Subitement, la voix de Rickert s'éleva, très choquée :

– *Seigneur Dieu!*

– *Quoi?*

A ce moment, l'écoute devenait brouillée. Puis à nouveau la voix de Rickert, beaucoup plus faible, pratiquement inaudible :

– *Il y en a peut-être d'autres. Attends, je l'arrache. Viens m'aider à fouiller le bureau. Attends, il doit être toujours en ligne? Dis-lui de... Non! Attends! Branche-le. Ouais, ouais, vas-y.*

Bolan entendit le bruit d'une porte claquée.

Puis plus rien. Ce chien de Rickert avait découvert le micro de Bolan.

Et Rose d'Avril?

Bolan avait senti fonctionner son sixième sens de combat. Jamais il ne se lasserait de s'étonner de cette faculté extraordinaire de l'esprit humain. Mais l'heure n'était pas à ce genre de réflexion.

Il s'empara vivement de son téléphone pour appeler sa tendre et géniale assistante.

– Tirez-vous, ordonna-t-il, sitôt que l'on eut décroché, à l'autre bout. Enfilez la première rue à gauche, puis la seconde à droite. Je vous récupère au passage. Allez, filez.

Mais la jeune femme à l'appareil n'y était plus du tout. Et pour cause : ce n'était pas la bonne.

– Que se passe-t-il? s'exclama-t-elle d'une voix déroutée. Expliquez-moi.

– Ici Stricker, aboya Bolan. Où est mon opératrice spéciale?

– Des hommes armés viennent de l'emmener, gémit la voix féminine à l'autre bout.

Bolan sentit son cœur se glacer.

– Du calme, marmonna-t-il tant à l'adresse de la femme que pour lui-même. Surtout ne vous énervez pas, et racontez-moi ce qui s'est passé.

– Ils ont débarqué en agitant des pistolets. Moi, je suis le chef du service. Ils ont brandi leurs insignes, puis ils m'ont ordonné... Enfin, je leur ai dit où elle était. Je croyais qu'ils faisaient partie de... Enfin, en tout cas, ils l'ont trouvée et ils l'ont embarquée.

– Ça s'est passé quand? demanda Bolan d'une voix neutre.

– Oh, juste maintenant. Il y a une minute, pas plus.

Bien sûr, le grand frisson dans l'épine dorsale, ça n'était pas pour rien. Il aurait dû comprendre! Après tout il n'était pas le seul sur la place à posséder un équipement de détection électronique super-sophistiqué!

Chaque action entraîne sa réaction. Inévitable. La sophistication du contre-espionnage électronique était à la mesure de celle utilisée pour l'espionnage. Et visiblement dans ce domaine, les gars de la Société de Surveillance et de Protection n'étaient pas manchots...

Alors... Oui, l'espoir était mince, mais il en

existait un tout de même : mieux que rien du tout.

Lors de leur dernier contact-audio, quelques minutes plus tôt, Rose d'Avril avait déclaré : « Il est en conversation téléphonique avec quelqu'un, en ce moment même. Je l'enregistre. Sitôt terminé, je vous branche la bande... »

Ledit branchement se faisait directement sur l'ordinateur de liaison, raccordé au téléphone mobile, destiné essentiellement à recevoir et enregistrer les messages, quand Bolan n'était pas dans la caravane.

Et effectivement, elle avait bel et bien branché la bande d'enregistrement.

« Stricker. Dix heures dix-sept : un appel destiné à un certain Jay Leonard, domicilé à 3 040, Silverlake Boulevard – Hollywood. Ils communiquent encore. Je vous passerai la bande intégrale, sitôt que la conversation sera terminée. La fréquence utilisée sur cette ligne est assez bizarre. Je crains qu'il ne s'agisse d'un détecteur d'écoute. Je m'en assurerai sitôt que... Oh Seigneur! On dirait une descente en règle. Les flics, peut-être. Ne vous inquiétez pas, je serai muette comme une tombe. Bonne chance, Stricker. »

Bonne chance! Tu parles!

Les flics, peut-être, avait-elle dit. Pourquoi pas, après tout. En tout cas, on pouvait toujours espérer. Il était difficile de concevoir que Rickert ait eu le temps matériel de contre-attaquer. Il n'avait disposé que de quelques minutes, depuis le moment où il avait découvert le micro sous son bureau. Alors il était peu probable qu'il ait réussi à envoyer ses hommes jusqu'au siège de la compagnie du téléphone...

Et pourtant, même si la probabilité était faible...

Dans l'univers de l'électronique, le temps et l'espace n'ont guère d'importance et sont facilement neutralisés.

Il ne lui avait pas fallu longtemps, à ce chien de Rickert, pour localiser le micro-espion. Donc, il était peut-être capable du reste aussi. D'ailleurs, il n'avait pas caché à Bolan-Casseur qu'il avait mis toute la police sur les dents. Ce qui signifiait que toute la ville était quadrillée par des flics à sa solde, capables de réagir dans la minute, au moindre appel. Mais flics ou pas flics, le résultat était bien le même pour Rose d'Avril. Et Bolan devait jouer le jeu en partant du principe qu'elle était détenue entre des mains ennemies.

En d'autres termes, des mains pas particulièrement tendres.

Bonne chance, Stricker.

Voilà ce qu'elle lui souhaitait, tout en lui assurant qu'elle resterait muette comme une tombe. Une sacrée fille. Bolan devait bien se rendre à l'évidence : il en pinçait sérieusement pour cette femme audacieuse.

Si c'était vraiment une descente de flics, alors, pas de problème...

Sinon... Eh bien, Stricker et Rose d'Avril

savaient trop tous les deux ce que signifiait le mutisme de la tombe. Rose ne reviendrait jamais de cette sinistre aventure.

Vous parliez de chance, Rose?

Mack Bolan savait qu'il leur faudrait, à tous les deux, bien autre chose que de la chance : un miracle ni plus ni moins. Mais il savait également que les miracles ne venaient pas tout seuls, il faut parfois forcer la main du destin.

Maintenant, l'essentiel était d'occuper l'ennemi, capter toute son attention et lui donner un os à ronger, autrement plus alléchant que Rose d'Avril. Sinon, Mack Bolan se verrait contraint de lui arracher la jeune femme de force, et ce ne serait pas chose facile. Risquée même, autant pour lui que pour elle...

Bolan décida pour la chance, mais il allait aussi forcer la main du destin, quand bien même ce destin émanerait de l'enfer le plus noir.

CHAPITRE VIII

Tout se ramenait à une question de temps. Bolan en venait à se demander si, quelque part au monde, il en restait assez pour sauver la peau de Rose d'Avril.

Il abandonna la caravane dans l'allée d'accès, prit l'entrée de service et pénétra dans l'immeuble.

L'œil impersonnel d'une caméra de télévision le braqua froidement, tandis qu'il s'engageait dans le long couloir intérieur. Sous sa veste, le M 79, version spéciale avec canon scié, faisait une saillie énorme, évidente. Personne pourtant n'apparut pour s'interposer. Tranquillement, Bolan se dirigeait vers les locaux de la Société de Protection et de Surveillance.

Dans le petit hall précédant l'entrée des bureaux, une nouvelle caméra, au-dessus de la porte blindée, le scruta, impassible, elle aussi. Bolan ne lui laissa guère le temps de se livrer à un examen minutieux. Le M 79 cracha son feu d'enfer et aussitôt, un nuage de fumée, de poussière et de plâtre obscurcit le hall, tandis que sous l'impact l'énorme porte blindée se gondolait, s'incurvant vers l'intérieur. Les charnières sautèrent de leurs gonds comme de vulgaires punaises, le pêne céda, laissant le passage libre.

Dans le hall de réception, derrière le champignon de poussière, deux cinglés brandissaient leur flingue. Bolan pénétra dans la salle, précédé par une nouvelle rafale en direction du mur du fond. Les deux dingues comprirent enfin. Ils plongèrent à couvert, légèrement en retard et la déflagration les cueillit en plein vol, et les projeta avec une violence inouïe contre une rangée de classeurs métalliques.

La première giclée du M 79 avait déclenché l'alarme de la guérite. Le réceptionniste bringuebalait, à demi conscient sur son siège, le nez tout dégoulinant du sang, se foutant pas mal de la sirène stridente qui ululait lugubrement.

Bolan avança de quelques pas et balança une nouvelle rafale, droit dans la porte du bureau de Rickert. Elle céda d'un coup, s'ouvrant carrément en deux, basculant à l'intérieur de la pièce. Enjambant les décombres fumants, enveloppé d'un brouillard de poussière, Bolan pénétra dans le bureau. A cet instant précis, un panneau incrusté dans le mur de droite coulissa sans bruit. Un type vêtu d'un costume de ville surgit, revolver au poing, l'œil hagard, la lippe pendante. En se retrouvant nez à nez avec le canon du M 79, l'homme s'immobilisa. Son revolver décrivit un arc de cercle dans l'atmosphère obscurcie de poussière, tandis qu'il levait instinctivement les mains au-dessus de sa tête.

– Nom de Dieu! Qu'est-ce que c'est que ce bordel? marmonna-t-il.

L'homme était un frère de sang, juré, craché, garanti d'origine. Bolan avait entendu sa voix, quelques minutes plus tôt, sur la bande enregistrant la conversation de Rickert.

– Parlons-en un peu, rétorqua-t-il, d'une voix rauque, appuyant le canon de son monstrueux M 79 sur le bide du *mafioso.*

Il le poussa brutalement contre le bureau de Rickert.

– Où est passée la crapule? aboya-t-il.

– Il s'est trissé. Il n'est pas là!

Le canon encore tout fumant s'enfonça un peu plus profond dans le ventre de l'homme en costard :

– Tu sais ce qui va se passer si j'appuie sur la gâchette du joujou, *amico?* marmonna Bolan. Il leur faudra un aspirateur pour ramasser les lambeaux de tes tripes éparpillés.

Visiblement, l'homme n'y tenait pas du tout. Une sueur poisseuse apparut sur son front et ses yeux se mirent à rouler dans tous les sens. Il glapit :

– Je vous jure qu'il s'est barré. Qu'est-ce que je?... Que voulez...

Bolan lui enfonça vicieusement le canon

dans le nombril. Le gus se cassa et pâlit subitement. A présent sa cervelle travaillait vite.

– Allons, fais-moi plaisir, ricana Bolan en maintenant la pression du canon.

– OK, OK, répliqua le gars d'une voix hachée.

Il essayait désespérément de se ressaisir, de récupérer un semblant de dignité. Ça, Bolan n'était pas contre.

Le truand déclara rapidement :

– Il m'a dit qu'il allait à Burbank.

– Que se passe-t-il de tellement excitant, à Burbank?

– On a un bureau, là-bas. Un truc pratique, tout près de l'aéroport. Vous comprenez, avec cette merde qui nous est tombée dessus.

– C'est ici, et pas ailleurs, qu'elle te tombe dessus, la merde. Alors?

– Ouais, je sais, mais je voulais dire... c'est cette garce, voyez-vous. On a choppé une salope. On a dégotté ses papiers, elle est de la police fédérale. On pense que c'est du bluff, mais n'empêche qu'on a tous les jetons. On n'est sûr de rien.

– Tu sais qui je suis, grommela Bolan.

– Bien sûr. D'Anglia. Je vous connais. J'étais ici... enfin dans la pièce derrière, quand vous...

– Et moi, *amico*, vois-tu, j'ai pas l'honneur de te connaître.

– Lambert. Je m'appelle Lambert. Je suis vérificateur, ici.

– Lambert, mon cul!

– C'est vrai, j'oubliais de vous dire que j'ai changé de nom. Je m'appelais Lamammamamma...

Le gars ne pouvait plus s'arrêter et bredouillait comme un disque rayé.

– Tu t'appelais comment, dis-tu? coupa sèchement Bolan.

– Lamamammatria. Vous voyez pourquoi j'ai préféré changer?

– Et t'es vérificateur de quoi, au juste, ici?

– Des comptes. Enfin, je vérifie les comptes de cette société, pour *eux*.

– Quelle société?

– Ce business de Surveillance et de Protection. Et en même temps, je garde un œil ouvert sur Rickert et ses gars.

– Tu schlingues, Lamamamma, je te le dis, tu m'écœures même.

– Quoi? Comment? Qu'est-ce que?...

– Tu parles d'un vérificateur à la flan! Tout le monde se tire et toi, tu ne mouftes pas, tu restes planqué bien au chaud, et tu voudrais que j'achète ta salade?

– Je comprends pas. Je savais pas que...

– Cette fille, mon vieux, elle bosse pour moi.

– Ça alors! On ne... enfin, je n'en savais rien. Rickert a dit... enfin, je m'imaginais... dites, vous disiez pas que ce mec, il était véreux?

– Tu sais parfaitement qu'il est plus véreux qu'une pomme pourrie.

– Non, je... oh, je vous en prie, enlevez ce flingue, ne tirez pas.

Brusquement, toute la dignité s'était fait la valise.

– Je suis désolé pour la fille, gémit Lambert-Lamamammafria. Ils l'ont embarquée à Burbank. Rickert doit retrouver les autres là-bas. Je vous jure que je ne sais rien de plus. S'il vous plaît, croyez-moi. Seulement, si vous dites qu'il est véreux, il m'a peut-être raconté des salades. Oh mon Dieu! Quelle histoire! Franchement je ne croyais pas...

Bolan écarta le canon du M 79, puis d'un geste brusque, assena un bon coup de crosse sur la tempe du vérificateur qui bascula sur le bureau avant de s'effondrer par terre, apparemment inconscient.

Pas plus triste, après tout.

Le temps filait à toute allure : une minute, deux peut-être s'étaient écoulées. Bolan explora rapidement la petite pièce de derrière. Un truc charmant, confortable et bien équipé, mais sans fenêtre. Il dénicha une porte dérobée donnant sur l'extérieur, au fond du bureau de Rickert.

Dix secondes plus tard, il avait regagné la caravane de guerre et mettait le cap sur Burbank.

En quittant l'endroit, il eut le temps de voir, sur le trottoir, devant l'immeuble, toute une foule de badauds et deux voitures de police, gyrophares en action. Un peu plus loin dans l'avenue, une file de camions de pompiers rappliquait à vive allure.

Bolan leur avait échappé de peu, mais il était

maintenant beaucoup plus proche de Rose d'Avril. Une nouvelle phase commençait. Rickert ne pouvait pas avoir plus de dix minutes d'avance, et si la caravane le voulait bien, Bolan pourrait peut-être grignoter quelques minutes, d'ici à Burbank.

Les pompiers n'avaient pas à se faire du mouron : ce n'était pas un jour de zèle, l'immeuble ne risquait pas de cramer. Le feu, le seul, le vrai, Mack Bolan l'avait au ventre. Mieux valait qu'il retrouve la fille vivante et en bonne santé. Sans quoi, Charlie le Chien découvrirait vite le sens du mot vengeance, une évidence sanglante qui le poursuivrait partout, jusqu'à sa mort.

Bolan était épris de la jeune femme – une autre évidence qu'il fallait bien admettre, même si cet amour devait se réaliser au-delà du temps et de l'espace...

CHAPITRE IX

– Ils ont réussi à joindre M. Brognola, Inspecteur. Il est en ligne. On vous passe la communication.

Tim attendait depuis au moins...

– Ici Brognola!

– Braddock à l'appareil. Salut Hal!

– On m'a dit que c'était toi, soupira la voix familière. Sinon je n'aurais pas pris la communication. Quel bon vent t'amène? On ne s'est pas vus depuis des lustres! A propos, j'ai appris ta récente promotion. Félicitations!

– Merci.

Mais Tim n'avait pas appelé Brognola pour l'entretenir de la pluie et du beau temps :

– Où es-tu? demanda-t-il brusquement.

– Euh, c'est-à-dire... je ne suis pas à Washington, à l'instant présent, si c'est ce que tu veux savoir.

– Je ne t'ai pas demandé où tu n'étais pas, rétorqua sèchement Tim Braddock.

Mais l'autre, n'avait aucune envie d'éclairer sa lanterne :

– Quel est ton problème? s'enquit-il en guise de réponse.

– J'aimerais assez que tu me le dises toi-même. Je viens de recevoir un tuyau d'un indic assez fiable. Et j'ai l'impression que mon problème te concerne, toi, personnellement.

– Ah? ah?

– Ouais, ou alors je me goure totalement, mais ça m'étonnerait. Paraîtrait qu'un certain individu opérerait en nos murs, à nouveau.

– Un certain individu, dis-tu? Tu pourrais pas être un peu plus précis?

– J'aime mieux pas. Nous savons l'un et l'autre de qui il s'agit. Alors restons-en là. Dis-moi si mon tuyau est vrai ou faux.

Le fédé eut un long soupir suivi d'un petit gloussement :

– Tu préférais quoi, au juste?

– Que ce soit faux.

– Alors disons que ton tuyau est crevé.

– Arrête de déconner, tu veux! aboya Braddock. Le temps n'est guère à la rigolade, si tu veux mon avis. Je ne tiens pas à...

– Calme-toi, voyons, Tim! coupa Brognola, goguenard. Prends donc un cigare, ça te détendra!

– J'ai cessé de fumer quand j'ai été nommé inspecteur en chef! rugit Braddock, la voix étranglée de fureur. Histoire de conserver une image de marque, si tu vois ce que je veux dire. Je tiens pas à ce qu'on voie ma tête auréolée de fumée. Une fumée d'un certain genre.

Brognola retrouva immédiatement son sérieux!

– Je comprends très bien ta réaction, mon vieux. Excuse-moi...

– Les excuses n'arrangent rien, coupa Braddock. Rappelle notre ami, tu veux, Hal.

– Mais ce n'est pas moi qui l'ai envoyé chez toi, Inspecteur. Comment veux-tu que je le rappelle?

– N'empêche que t'étais au courant.

– Ça, tu me permettras de ne te répondre ni par oui, ni par non. Je me contenterai de te dire ceci : en début de semaine prochaine, va paraître un décret tout ce qu'il y a de plus officiel. Un truc émanant de très haut. Et tu verras alors que t'as pas un poil de fumée autour de ta belle petite tête. Pour l'instant, je ne peux pas t'en dire davantage.

Ainsi donc, elle était bel et bien vraie, cette rumeur. Dieu que la vie, parfois, était bizarre! En d'autres temps, la première fois où la route de Braddock avait croisé celle du certain individu, le monde était bien différent. Ledit individu n'était qu'un de ces mômes fraîchement rescapés du Vietnam, qui avaient décidé de partir en campagne contre la société américaine et sa pourriture grandissante. Tim Braddock, lui, commençait à peine sa carrière dans l'administration. Quant à Harold Brognola, il dirigeait une commission fédérale chargée de la lutte contre le crime organisé. Ouais, c'était un monde bien différent. Depuis, la roue avait tourné. Mack Bolan était devenu le symbole vivant de l'héroïsme national assoiffé de sang, et le pourfendeur infatigable de la Mafia. Tim Braddock s'était retrouvé inspecteur en chef d'une des polices d'Etat les plus cotées de tout le pays. Brognola se trouvait, lui, à la tête de la police fédérale, chargé de faire respecter la loi sur tout le territoire, conseiller du Président, et consultant auprès d'Interpol.

Ainsi, le destin de ces trois grands B – Bolan, Braddock et Brognola – s'était-il trouvé mêlé à de nombreuses reprises, au gré des circonstances, ou si l'on voulait parler un langage plus romantique, leurs routes avaient suivi un cours parallèle, dans ce monde étrange où tous trois avaient évolué.

– La ligne est claire, Hal, fit doucement Braddock. Dis-moi ce qui se passe.

– Je ne suis pas sûr que tu tiennes tellement à le savoir, répondit paisiblement l'autre.

– OK, t'as peut-être raison, mais dis-le-moi quand même : il est vrai, le bruit qui court à Washington?

– Au sujet de notre individu?

– Ouais, lui-même, et en personne.

– Oui, Tim. Absolument vrai.

– Merde alors! s'exclama l'inspecteur en chef, incapable de dissimuler son excitation. OK! Vois-tu, fumée ou pas autour de la tête, je trouve qu'il était grand temps.

– Ça fait une paie qu'on s'y emploie, si tu veux tout savoir, mais il n'y avait pas moyen de le faire accepter. Et je ne suis même pas encore tout à fait certain qu'il ne change pas d'avis au dernier moment.

– Que veux-tu dire?

– Il nous a donné un accord de principe, mais sous condition.

– Quelle condition?

Brognola eut un long soupir de lassitude :

– Il exige un dernier parcours du combattant.

– Quoi?

– Ouais, une ultime campagne sanglante. Il n'en a pas eu suffisamment, dit-il. Il veut s'assurer que tout est nettoyé, propre comme la main. Moi, j'appelle ça de la folie douce, mais que veux-tu que j'y fasse? Tu le connais aussi bien que moi. T'as entendu le communiqué spécial, hier?

– Oui, vaguement, mais je n'ai pas tout...

– En fait, on a filtré l'essentiel, histoire de ne pas trop claironner. Mais enfin, toi et moi sommes du même bord, alors je peux aussi bien te dire toute la vérité : en haut lieu, on considère que le territoire est complètement nettoyé, pour parler le langage militaire. Ce n'est pas demain qu'ils parviendront à recoller les morceaux et tenter de mettre en place une nouvelle organisation. Et quand bien même, t'inquiète pas, nous sommes là, pour leur refiler des peaux de bananes. Alors...

Brognola eut un nouveau soupir profond. Il reprit :

– Quant à notre ami, franchement, il me

laisse pantois! Faut voir le boulot de sape qu'il a fait sur ces gens-là!

– Ouais, j'ai eu l'occasion d'admirer quelques échantillons de son travail, murmura Braddock. Au demeurant, je n'arrive pas à piger ce qu'il fabrique dans le secteur, cette fois-ci. Je veux dire, depuis sa première descente, tout est relativement calme, il ne reste vraiment que le menu fretin. En apparence, du moins.

– On parle cependant de certains regroupements occultes, si tu vois ce que je veux dire, Tim.

– Vraiment? Merci de m'en informer. Depuis quand tu...

– Ce n'est pas moi. C'est lui.

Braddock à son tour poussa un soupir :

– Alors il veut écraser le serpent dans l'œuf, c'est ça?

– Je le pense, oui. Mais ne t'en prends pas à moi, mon vieux. Je n'ai aucun pouvoir ni contrôle sur l'individu en question. Tout ce que je suis capable de faire, c'est de le suivre à la trace et de ramasser les pots cassés.

– C'est ce que t'es en train de faire?

– Hum, hum...

– Merde avec tes " hum "! T'as très bien entendu ma question, alors qu'attends-tu pour me donner une réponse claire? A t'entendre, on dirait que t'as foutu un brouilleur sur la ligne, c'est pas une communication longue distance. Alors, dis-moi la vérité, Hal : t'es à Los Angeles, oui ou non?

Le fédé eut un petit gloussement :

– Du calme, Tim! En fait, on essaie de le protéger, c'est tout. Je reçois mes ordres directement de... enfin, n'entrons pas dans les détails. Inutile de politiser l'affaire. Mais je peux te dire qu'au Capitole, tout est clair dans leur tête : ça devrait marcher comme sur des roulettes, si nous arrivons à le garder en vie pendant encore cinq foutus jours!

– Cinq, tu dis?

– Exact, en comptant aujourd'hui. Il en a demandé six, et hier, c'était le premier. Ecoute un peu, Tim. (Brognola devenait lyrique, chose qui ne lui arrivait pas tous les jours!) Si l'individu en question devait tomber sous les balles de la police, dis-toi bien que ce serait une véritable catastrophe nationale. Nous parlions de politique, alors songe un peu : tous les honnêtes citoyens de ce pays se dresseraient contre nous, animés d'une même rage résolue pour nous lapider, tous tant que nous sommes. Or en plus, nous le mériterions. Il ne faut pas que...

– J'ai pas besoin d'un dessin, grommela Braddock. En théorie, au moins. Parce que dans les faits, ce n'est pas tout à fait aussi évident. Le gars est recherché, toutes sortes de charges sont retenues contre lui, dont certaines par tes petits copains eux-mêmes.

– Je sais, mais...

– Laisse-moi te dire une chose, monsieur le Fédé : un bon flic californien se fiche pas mal de la politique, tout comme il se moque de l'opinion publique. Ce qui lui importe, ce sont les bons et les mauvais citoyens. Or, aux yeux de la loi, notre ami se classerait plutôt parmi les mauvais. Il m'est donc difficile de réunir dans mon bureau vingt mille flics pour leur dire de fermer les yeux quand ils rencontreront notre ami en train de faire joujou avec sa mitraillette, ou de balancer ses grenades à droite et à gauche. Parce que vois-tu, si je leur demande de faire une exception à la loi, la fois d'après, c'est eux qui décideront tout seuls de la conduite à tenir, et en fait de discipline et d'obéissance, on pourra toujours se gratter. Non, mon vieux, on ne fait pas marcher un département de police de cette façon. La loi, c'est la loi, et on a tous intérêt à ce que les choses restent ainsi. Au demeurant, si tu as des suggestions, je suis tout ouïe.

Brognola se hâta de répondre d'une voix paisible :

– Mais non, mais non, Inspecteur! Je ne voudrais surtout pas te donner l'impression de marcher sur tes plates-bandes. Je te laisse libre d'agir comme bon te semble. Et maintenant, tu me permets de raccrocher?

– Essaie pas de me la faire en douce, Hal, tu veux? Si t'es dans le secteur, tu ferais mieux de passer me voir ici. On a grand besoin de...

– Impossible, Tim! Désolé, tu peux me croire. Si notre individu s'en sort indemne, nous allons vider les lieux dans quelques heures seulement. Je te demande de supporter patiemment notre présence pendant ce laps de temps – limité, tu l'admettras. Mais je vais te faire une promesse : si par hasard nous étions encore dans les parages ce soir, après la tombée du jour, je te promets de venir te voir pour te prêter main-forte. Ça te va?

– T'es vraiment horrible! bougonna Braddock. Mais il savait qu'il n'obtiendrait pas davantage de son ami. Il eut un petit gloussement de dérision, et ajouta :

– En tout cas, je t'attends pour dîner.

– Promis, rétorqua vivement Brognola. Maintenant à toi de me faire une promesse.

– Laquelle?

– Ne t'emballe pas au premier faux bruit. Pas la peine de mettre en place une saloperie de ligne Maginot, comme la dernière fois, si tu vois ce que je veux dire. Réagis calmement.

– T'es donc pas au courant? répliqua légèrement Braddock. Les contribuables commençent à trouver que l'on claque trop inconsidérément leur pognon. Tu parles si sur un simple faux bruit, je vais m'amuser à rassembler toute l'infanterie de guerre! Cependant – sa voix se fit grave –, quand le feu d'artifice éclatera, tu sais très bien comment nous réagirons, Hal. Nous ferons notre devoir, avant tout.

– Ouais, je sais, grommela Brognola. Moi non plus je n'ai pas besoin d'un dessin. OK, je te dis salut, maintenant.

– Attends, attends, j'ai encore une chose sur le cœur.

– Je t'écoute.

– T'aurais pas trimbalé un juge fédéral, dans tes bagages, par hasard?

– Qui donc t'a suggéré une idée aussi farfelue?

– Personne. Simplement une note confidentielle que j'ai trouvée ce matin sur mon bureau. Paraîtrait qu'un juge fédé aurait débarqué comme par magie dans le secteur, la nuit dernière, histoire d'absoudre certains concitoyens recherchés, en cas de prise. Tu me comprends? Et moi, je me disais que ça tombait drôlement à pic.

– OK, t'as vu juste. C'est moi qui l'ai amené. De toute façon, ne t'inquiète pas, c'est une procédure parfaitement légale, alors surtout ne...

– Bon, Hal, excuse-moi de t'interrompre, je te salue. Je crois que le feu d'artifice a commencé.

– Tu parles sérieusement?

– Le plus sérieusement du monde. Ciao, Hal.

Braddock reposa vivement le récepteur du téléphone pour lever un regard anxieux sur le flic en uniforme planté à l'entrée de son bureau :

– Que se passe-t-il, Johnny?

– Vous avez demandé à être averti sitôt que l'on signalait quelque mouvement paramilitaire ou assimilé.

Oui, le feu d'artifice avait bel et bien commencé. Tim l'avait lu dans le regard de Johnny, quand il était encore au téléphone avec Brognola.

– Explique-moi tout, dit-il.

– Il s'agit d'un immeuble où se trouve le siège d'une société privée de surveillance. Dans Sunset Boulevard. Il y a eu une série d'explosions, ainsi qu'une fusillade. Les policiers du secteur rendus sur les lieux immédiatement affirment que ça ressemble à un vrai bombardement, comme on en voit en temps de guerre.

L'inspecteur en chef n'avait vraiment pas besoin d'une description détaillée. D'instinct, il l'avait ressenti, et dans sa tête, il imaginait très bien la scène.

Charlie Rickert travaillait pour une société privée de protection, située dans Sunset. Et Rickert entretenait depuis longtemps des liens étroits avec certains criminels.

– Pour les faux bruits, faudra repasser, marmonna Braddock.

– Vous disiez, Inspecteur?

– Faut boucler le quartier, Johnny. Alertez le service mobile... non, attendez. On va d'abord demander confirmation. Envoyez Hallowell et ses experts sur les lieux. Dites-lui que je veux des preuves solides avant de déclencher le plan d'urgence numéro deux.

Johnny ouvrit de grands yeux ahuris. Il avait participé au plan d'urgence numéro un, et n'était pas près de l'oublier!

– Merde alors! souffla-t-il doucement.

– T'as raison, Johnny, c'est pas du nougat!

grogna Tim, plus pour lui d'ailleurs, que pour son subordonné.

A vrai dire, ça n'en était pas! Tim Braddock se voyait chargé d'un boulot véritablement déplaisant : il lui fallait tout mettre en œuvre pour coincer ou abattre un homme que personne ne désirait vraiment ni coincer, ni abattre. Sauf bien entendu l'engeance des Charlie Rickert, et ses comparses pourris.

– Attends encore une seconde, Johnny, je...

Mais trop tard. Déjà, Johnny avait refermé la porte sans bruit, pour s'en aller exécuter les ordres.

Trop tard, oui.

Le monde continue de tourner, Bolan. Tire-toi tant que tu le peux encore! Tire-toi, mon gars!

Mais le mec, Braddock le savait, il ne se tirerait jamais. Il attendrait qu'on le fasse pour lui, et alors, il disparaîtrait les pieds devant.

Et ça sera tant pis! Tim Braddock n'y pouvait plus rien.

CHAPITRE X

Pour l'automobiliste fraîchement débarqué à Los Angeles, cet embrouillamini invraisemblable de faubourgs, quartiers, secteurs imbriqués les uns dans les autres, constituant l'agglomération proprement dite, peut prendre l'allure d'un véritable cauchemar. Surtout si, par naïveté, il s'imaginait au départ que les rues et les artères à grande circulation obéissaient à un plan sinon rigoureusement méthodique, du moins relativement logique. Sans oublier bien entendu le réseau des voies express, célèbres dans le monde entier, ct qui, à lui seul, devrait donner des frissons d'angoisse aux pilotes non prévenus, même les plus confirmés. Ici, le nombre de voitures par tête d'habitant est le plus élevé du monde; sur ces voies, les véhicules dévalent à près de cent à l'heure, pare-chocs contre pare-chocs, parfois à cinq ou six de front, à l'assaut des bretelles de sortie ou d'entrée des échangeurs, des croisements à angle droit, et autres virages en épingle à cheveux, le tout, bien entendu, sans ralentir. Inutile de dire qu'à ce rythme-là, les innombrables panneaux de signalisation défilent à une allure telle, qu'il est presque impossible de les déchiffrer, encore moins d'en assimiler la signification.

Bolan songeait que l'énergie dépensée quotidiennement par tous ces véhicules devait équivaloir à la consommation en chauffage des habitations du reste du pays.

Pourtant il ne s'agissait là que du trafic de la mi-journée. Dieu sait ce que devaient réserver les heures de pointe en fin d'après-midi ; de la folie furieuse!

Le quartier de Burbank jouxte les districts de Hollywood, et de North Hollywood. Apparemment, il devrait être simple de se rendre de Sunset Boulevard, dans Hollywood, à l'aéroport de Hollywood-Burbank.

Grossière erreur.

Griffith Park, Forest Lawn, Warner Brothers, Universal Studios, et les célèbres collines de Hollywood, séparent le faubourg de Hollywood et celui de Burbank. En restant sur les voies express, l'automobiliste peut remonter Sunset, en direction de l'est, puis prendre la route d'Hollywood vers le nord-ouest jusqu'à Ventura Freeway. A partir de là, cap sur l'est à nouveau par le Golden State Freeway, et à sept kilomètres environ, San Fernando Boulevard, conduisant directement à l'aéroport.

Mais les autres possibilités ne manquent pas : Barham Boulevard et le périphérique, Universal City, puis le dédale des rues peu fréquentées de Lankershim et de Vineland; ou encore... bref, tout dépend de l'heure et des conditions de circulation. Généralement le choix de l'itinéraire est aléatoire et jamais très satisfaisant : entre plusieurs maux, il s'agit toujours de choisir le moindre...

Dieu merci, Bolan pilotait un véhicule équipé d'un ordinateur de navigation. Il lui suffisait donc de s'en remetre au cerveau électronique, qui ferait pour lui le bon choix.

Une fois les données fournies, la route conseillée apparut sur l'écran : la caravane devait prendre Highland vers le nord, pour s'engager ensuite sur l'échangeur de Hollywood Bowl, puis droit sur Barham par le Hollywood Way qui l'amènerait directement à l'extrémité sud-est de l'aéroport, au niveau du terminal. Un itinéraire sans voie express, ou presque. Bonne chose.

Abandonnant ce problème, Bolan concentra toute son attention à des questions plus épineuses.

Sur le sort actuel de la dame de ses pensées, il ne pouvait se livrer qu'à des suppositions. Mieux valait donc essayer de ne pas y penser, s'efforcer plutôt d'analyser la situation présente à la lueur des éléments et des acteurs déjà connus.

D'abord les faits :

Premièrement : une nouvelle structure était en voie de développement, dans l'État de Californie.

Deuxièmement : les principaux artisans ou acteurs identifiés à ce jour étaient les suivants : d'abord un homme d'affaires riche et véreux, doté d'une fille récalcitrante avec laquelle il avait eu des problèmes, paraissant maintenant passer au second plan. Ensuite, un ex-flic super pourri, aujourd'hui à la tête d'une sorte de police privée d'envergure encore inconnue, mais probablement assez efficace; ladite police étant sûrement financée par l'homme d'affaires véreux à la fille récalcitrante. Vient également un ex-expert en structures à *mafiosi*, du temps où l'organisation fonctionnait selon les schémas traditionnels. Ce dernier comparse étant directement lié à l'ex-flic pourri.

A leur solde, une équipe de tueurs anonymes ayant essayé sans succès d'abattre l'homme d'affaires véreux; un « vérificateur » *mafioso*, servant de chien de garde au flic pourri pour le compte d'un « groupe » non encore identifié, probablement le comité des gros bonnets de l'organisation naissante à Los Angeles.

Venaient enfin, les faits présumés, mais à vérifier :

Cette nouvelle structure s'élaborait selon un schéma inconnu que son inventeur appelait le « concept californien » et qui impliquait à ce niveau d'analyse une association d'éléments *mafiosi* et autres, rassemblés pour se secourir et coopérer très étroitement. Cette même association étant chapeautée par une organisation très fermée, secrète et vraisemblablement hiérarchisée selon un modèle plus complexe basée sur des structures d'activité et de responsabilité se ramifiant dans le sens horizontal plutôt que vertical, soumises à des vecteurs d'autorité absolument invisibles.

En d'autres termes, il s'agissait bien d'un Milieu, mais différent du Milieu traditionnel aussi bien dans sa façon d'agir que dans les relations entre les différents échelons qui n'apparaissaient à aucun niveau. En gros, le « concept californien » ne ressemblait en rien à une industrie familiale du crime.

Le schéma classique d'une Famille américaine s'était présenté jusqu'alors comme une organisation pyramidale, avec une tête au sommet. Celle-ci taxait différents territoires, sélectionnés selon des critères géographiques, ou encore par type d'activité. Chaque territoire était placé ou sous la juridiction d'un sous-chef, qui à son tour contrôlait des lieutenants, lesquels confiaient la gestion et la direction de leurs entreprises à leurs soldats.

Les soldats travaillaient pour leur compte, jouissant d'une autonomie presque complète, tant qu'ils respectaient les termes de leur contrat avec la Famille.

Comme dans n'importe quelle affaire dotée d'un réseau de franchises, les grosses légumes trônant à la tête de chaque Famille avaient une puissance financière et morale quasi illimitée, sans avoir trop à se préoccuper du côté légal de leurs activités, et sans courir le moindre risque réel. Après tout, ils ne touchaient jamais que des royalties versées par leurs « vassaux ». Les lieutenants, eux, prélevaient une dîme sur les profits des soldats. Les sous-chefs touchaient des redevances de leurs lieutenants, et la tête, en définitive, bouffait à tous les râteliers, par l'intermédiaire de ses subordonnés.

La quantité de fric refluant au sommet de la pyramide était, on l'imagine, absolument astronomique. La tête s'engraissait vite aux dépens du soldat de la rue.

C'était, on le voit, une structure presque modèle, digne d'une prospère société de monopole capitaliste. En outre, comme ce type d'organisation faisait fi des contraintes légales et juridiques du monde commercial, le profit par dollar investi était assez fabuleux.

Or, le problème immédiat de Bolan était d'imaginer quel type de structure avait remplacé l'ancienne, si toutefois le « concept californien » était bien une nouvelle forme d'organisation.

Existait-il un groupe, un noyau mis en place avec tous les pouvoirs en main, capable de faire renaître l'industrie du crime sur ce territoire nouvellement franchisé? Et dans ce cas, de qui s'agissait-il et pour le compte de qui? Quelqu'un, quelque part, essayait-il de rebâtir un nouvel empire sur les ruines de celui de feu di George?

Si l'hypothèse était vraie, pouvait-il s'agir de ce prétendu Casseur, dont Rickert avait subi l'autorité sans discuter?

Au cours de sa conversation enregistrée avec Rickert, Lamamammafria avait déclaré en substance : « Je t'ai dit que mes amis à moi sont méfiants... Je te parie qu'ils nous ont à l'œil. »

Mes amis à moi! Etait-ce une façon de parler, ou s'agissait-il d'invididus en chair et en os, tirant habilement les ficelles dans les coulisses de la scène californienne?

Et le même Lamamammafria avait décrété à Bolan-Casseur : « Je vérifie les comptes de cette société pour *eux.* Et en même temps je garde un œil ouvert sur Rickert et ses gars. »

Eux. Mes amis à moi? Toujours ce point d'interrogation. Opposés à qui d'ailleurs? Mc Cullough, Rickert, l'équipe de tueurs? Certainement pas. Ceux-là n'étaient pas des frères du sang. Et pourtant le lien existait : Mc Cullough possédait la Société d'Investissement Californienne qui chapeautée à son tour de la Société de Surveillance et de Protection, dont Rickert était l'employé. Cependant les hommes de Rickert avaient effectué une descente sur commande au domicile de Mc Cullough, après que celui-ci ait appelé des frères du sang de la Côte Est, pour lui prêter main-forte...

Etrange, vraiment!

Mc Cullough était-il vraiment ennuyé par la liaison peu honorable de sa fille, où était-ce un simple prétexte pour faire intervenir en Californie des gars de l'Est?

Et enfin, qui était ce « Jay Leonard », l'obscur destinataire de ce coup de téléphone qui avait tant inquiété Rose d'Avril? Bolan ne l'avait pas oublié. Il avait même espéré dénicher avec lui une piste susceptible de le guider dans ce dédale souterrain. Mais d'autres urgences imprévues l'avaient contraint de se lancer dans une nouvelle direction. Alors, où entrait en jeu ce « Jay Leonard »?

Oui, tout semblait terriblement confus, nébuleux, incertain, mais l'espoir n'était pas perdu. De toute façon, Bolan, en revenant à Los Angeles, ne s'attendait pas à y trouver autre chose qu'un embrouillamini opaque. Si les rues de la ville paraissaient un cauchemar pour l'automobiliste fraîchement débarqué, les méandres fangeux du Milieu étaient certainement tout aussi déroutants pour le criminel de passage.

Il faudrait des mois, peut-être des années d'enquête et d'investigation, avant qu'une équipe spéciale de police fédérale, assortie d'experts juridiques, financiers et autres, n'arrive à démêler les tenants et les aboutissants de cette structure invisible, pour mettre en évidence ses relations de cause à effet, ses vecteurs organisationnels, ses ramifications. Et quand bien même l'on prouverait par A+B la culpabilité de certains individus, la machine criminelle n'en continuerait pas moins de tourner, impavide, jusqu'au jour où sa puissance financière et politique serait telle que plus personne, y compris la police, n'oserait s'y attaquer.

Dieu merci, Mack Bolan n'était pas tenu de se plier aux règles de la légalité. Le jeu n'avait rien de sacré pour lui. Il n'avait besoin que d'une brèche dans la façade bien lisse, une minuscule saillie où s'appuyer pour porter son attaque sanglante. Alors oui, avec un peu de chance et beaucoup d'audace, il pouvait espérer anéantir la machine criminelle en moins de vingt-quatre heures. Tant pis si les professionnels du droit constitutionnel continuent de s'apitoyer sur la disparition du sens civique et l'absence de conscience morale de certains individus, sans songer un seul instant que la loi elle-même est responsable de ces cancers immondes qui rongent la société... Bolan, lui, faisait la guerre... une guerre individuelle, non assujettie à des conventions absurdes dont le seul but était d'assurer la victoire à l'ennemi. D'ailleurs, le Grand Homme ne demandait à personne de vénérer ou de sacraliser sa guerre. Il n'avait pas besoin de revêtir l'ample manteau du bon droit. Si les forces de l'ordre arrivaient à le pincer dans l'exercice de son jeu illégal, eh bien d'accord il en accepterait les conséquences sans rancœur, sans amertume, sans gémir. Sauf qu'il ne permettrait jamais aux professionnels de la légalité de lui frabriquer une auréole. La reconnaissance publique ne l'intéressait pas. Il ne revendiquait que la responsabilité de ses actes.

Cependant, s'il perdait cette manche. Ce serait l'œuvre de l'ennemi, et non des soldats de son bord. L'ordre public en possédait les moyens, souhaitait même son arrestation, mais les chances étaient toutes de l'autre côté. Si Bolan tombait, ce serait sous le feu de l'ennemi, et quelque truand pourri balancerait sa tête enveloppée dans un sac de mauvaise qualité, du haut d'une falaise surplombant le Pacifique...

Assez de pensées profondes pour aujourd'hui. Dans l'immédiat, l'Exécuteur avait une tâche urgente : sauver la mise à Rose d'Avril et lui permettre de survivre à ce Mardi Massacre.

Et s'il était déjà trop tard?

Dans ce cas, le criminel de passage pouvait s'attendre à rencontrer l'Apocalypse, ici, à Los Angeles... en ce jour d'holocauste.

CHAPITRE XI

Cela ressemblait vraiment à une convention générale : dehors, sous la pluie fine, grouillait toute une armée de types portant l'uniforme de la Société de Surveillance et de Protection. Le bâtiment, un entrepôt, ou peut-être un atelier de maintenance, ou même les deux à la fois, était situé au sud de l'aéroport. La façade principale longue de quatre-vingts mètres environ, comportait de gigantesques portes métalliques coulissantes, avec, juste devant, des rampes de chargement. Pas de clôture entre la route et le bâtiment. Les bureaux et la réception se trouvaient à l'extrémité est de la façade. Une demi-douzaine de voitures portant le logo de la société, étaient garées sur la petite aire de parking juste devant l'entrée des bureaux. Deux gros camions et une estafette étaient stationnés, la caisse face aux rampes de chargement, comme s'ils attendaient leur cargaison. Par une porte coulissante ouverte on pouvait voir, à l'intérieur du hangar, une armée de types, en uniformes eux aussi, s'agitant comme des fourmis.

Un peu plus tôt, le brouillard s'était levé, mais le ciel nuageux restait très bas, une petite pluie fine et régulière tombait inlassablement depuis près d'une heure.

Rickert, arrivé quelques minutes seulement avant Bolan, venait de se faire accueillir par deux hommes en civil, devant le bâtiment. Tous trois étaient encore en train de parlementer sous la pluie, quand Bolan passa non loin.

Le parking d'une société de location de voitures jouxtait le terrain attenant au hangar, côté ouest. Bolan s'y gara rapidement, tandis que son esprit triait à toute allure les différentes possibilités d'approche. Il n'était pas venu ici pour cracher sa hargne en bombant le torse. Son but était de récupérer Rose d'Avril vivante. Bien sûr, il pouvait faire irruption dans la place, à coups de grenades et de rafales. Avec un peu de bol, il pouvait même s'en tirer sans trop de dommages. Mais quelles étaient alors les chances de survie de Rose? Honnêtement, moins d'une sur cent.

Autre solution : une pénétration en douceur – avec évidemment une sortie aussi discrète. Mais pourrait-il emmener la fille avec lui? Rickert n'était pas un imbécile, les supercheries de Bolan ne dureraient pas éternellement. Sans oublier que Charlie le Chien avait peut-être déjà fait le lien entre Bolan et d'Anglia. Et même sans être aussi pessimiste, les chances de voir Rickert se soumettre à nouveau à son autorité étaient très faibles.

Le choix donc, n'était pas facile. Comme d'habitude. Et comme d'habitude aussi, Bolan décida de jouer au flair : en d'autres termes, saisir et sentir l'instant favorable, pour foncer en se fiant à son instinct. Or, l'instant favorable, c'était précisément en ce moment même : Rickert qui avait débarqué quelques minutes plus tôt, écoutait le rapport de ses lieutenants. A en juger par l'activité fébrile régnant à l'intérieur et autour du hangar, l'incident de Rose d'Avril était maintenant la cinquième roue de la charrette. Il se préparait ici autre chose : peut-être un rassemblement de troupes en vue d'une offensive sanglante? Pourquoi pas.

L'instant paraissait donc bien choisi, Bolan n'avait pas l'intention de le louper.

Il brancha le système d'attaque directement sur la console et centra le viseur sur un des véhicules garés devant les bureaux. Il enclencha ensuite le sélecteur de cibles et le programma sur « automatique – répétition une fois ». Il choisit ensuite une seconde cible, et dégoupilla le lance-rocket, avant de le programmer sur « attente-télécommande ».

Il ne s'agissait là que de mesures d'urgence, destinées à protéger ses arrières, en cas de pépin. Bolan espérait bien ne pas avoir à s'en servir. Non loin, derrière le hangar, se trouvait un ensemble résidentiel d'habitations et de bureaux. Or, l'Exécuteur se refusait à verser le sang des innocents, même quand il s'agissait de servir sa guerre. Pourtant, dans le cas présent, s'il voulait assurer sa sortie, il ne pouvait pas prendre le moindre risque.

Il opta pour un équipement léger de combat : d'abord l'Automag, magnum. 44 autochargeable, entièrement en acier avec un canon redoutable. Il se le passa autour de la taille. Sous l'aisselle droite, le Beretta à silencieux était bien niché dans son baudrier. Il sélectionna ensuite tout un assortiment de fusées éclairantes, lacrimogènes, explosifs de petite portée. Il logea le tout dans une ceinture à sa taille y emboîta enfin le minuscule système de mise à feu à distance, sa « boîte noire », comme il l'appelait. Là dessus, il passa un imperméable noir léger, destiné à dissimuler le tout.

L'Exécuteur était prêt. La chasse commençait.

La pluie s'intensifiait. L'entrée du personnel, située à l'extrémité ouest du hangar, c'est-à-dire à l'opposé des bureaux, était surmontée d'une caméra de surveillance. Bolan passa très au large de cet oiseau de malheur et s'approcha doucement d'une des rampes de chargement. Les trois gars, là-bas, devant les bureaux, avaient enfin eu la riche idée de s'abriter de la pluie. Ils venaient de passer la porte d'entrée. La visibilité était de pire en pire. D'où il se trouvait, Bolan ne pouvait plus repérer Rickert parmi tous les zouaves qui s'agitaient.

Il se dirigea d'abord vers les camions pour en inspecter rapidement le contenu. Comme prévu, les deux camions étaient équipés pour le transport des troupes. Des banquettes en bois de part d'autre des flancs, et au centre, un long ratelier pour ranger les armes et les munitions. L'estafette, elle, était aménagée en camping-car très confortable, avec un grand plumard occupant presque tout l'espace à l'arrière. Les couvertures du lit étaient en désordre. Bolan découvrit, juste au pied, une sandalette de femme, qu'il reconnut sans difficulté. La dernière fois qu'il l'avait vue, elle chaussait avec raffinement le pied menu d'une jeune personne appointée par la police fédérale.

Bolan grimpa à bord de l'estafette, et passant sur le lit, regarda par les vitres teintées de la portière arrière. Au premier plan, la rampe de chargement, au-delà, l'intérieur du bâtiment et par la porte restée ouverte, un entrepôt. Oui. Du moins à l'origine. Maintenant, l'endroit ressemblait plutôt à un arsenal militaire en pleine effervescence. Des fusils et des mitraillettes s'entassaient juste à l'entrée. Plus au fond, on apercevait des tonnes de caisses empilées les unes sur les autres, ressemblant étrangement à des stocks de munitions. Plusieurs gars vêtus de l'uniforme de la Société de Surveillance et de Protection s'activaient fébrilement, séparant les petits cercueils pour les trier et ensuite les ranger.

Préparatifs de guerre? Sans doute.

La mission de Bolan prenait des allures infernales. Parce que trop hasardeuse, peut-être, compte tenu de la vulnérabilité de l'enjeu? Il y avait dans ce hangar, au moins une centaine de types armés, sur le pied de guerre. Ils attendaient quoi au juste? Tout simplement l'arrivée d'un indésirable à qui il était prévu de faire une petite réception originale.

Ou peut-être pas...

En tout cas, il n'existait pas trente-six moyens pour le savoir.

Bolan prit la sandalette, sortit de l'estafette, et s'avança près de la rampe de chargement.

Un homme en uniforme, planté près de la porte, lui lança un regard inquisiteur, puis ses yeux se déplacèrent jusqu'à l'estafette d'où il venait d'émerger.

Sans lui laisser le temps de gamberger plus avant, Bolan grommela :

– Sacré temps pour les escargots.

Le gars regarda le ciel, et répliqua d'une voix maussade :

– Sûr qu'on en trouverait des tonnes, si seulement on avait le temps de se balader.

– Tout est fin prêt, j'espère? Le chef est là?

– Ouais, je l'ai aperçu. Nous sommes prêts. C'est vous qui...?

Il laissa sa phrase en suspens, mais Bolan l'assura aussitôt qu'effectivement il était chargé de diriger les opérations, quelles qu'elles soient, d'ailleurs...

Puis, jonglant un instant avec la petite sandalette de Rose d'Avril, il poursuivit :

– Et Cendrillon, où l'a-t-on planquée?

Le gus eut un petit gloussement, tendit la tête vers l'intérieur du bâtiment :

– Bouclée dans l'« isoloir », ricana-t-il. Pourquoi? Vous ne lui avez pas suffisamment tiré les vers du nez?

– Pas vraiment, non, répliqua brièvement Bolan, en pénétrant dans le bâtiment.

Un autre type en uniforme, poing sur les hanches, le regarda approcher. Bolan lui lança un regard glacial. Arrivé à côté des caisses de munitions, il aboya :

– Alors, qu'attends-tu pour me déblayer ça en vitesse?

– Bien, monsieur, marmonna l'autre.

La supériorité numérique de l'ennemi était écrasante, mais en même temps, elle servait Bolan. Dans l'activité fébrile qui régnait dans le hangar, personne ne prêtait attention à lui. Il put ainsi avancer d'une vingtaine de pas, au milieu des gars en uniforme, quand enfin il aperçut Rose d'Avril.

L'isoloir, était une sorte ce cube transparent situé contre le mur du fond. Il était bourré de panneaux électroniques, écrans, voyants lumineux, et autres trucs hyper sophistiqués. Juste au-dessus, et intégrée dans la structure, une guérite semblable à celle du bureau d'Hollywood, mais beaucoup plus importante, et encore plus compliquée. Deux types dos à dos, travaillaient sur les différents tableaux de commandes électroniques, et ils n'avaient pas l'air d'être à la fête.

Rose d'Avril, assise sur un haut tabouret,

dans un angle du cube, paraissait dans son état normal, mais ses vêtements étaient en bataille, déchirés par endroits. En face d'elle, deux types en civil avaient l'air de l'interroger. Jusqu'ici, ils gardaient bas leurs sales pattes.

Rickert, dit Charlie le Chien, était présent, lui aussi, en conversation animée au téléphone, ponctuant ses dires de force gestes de la main.

Un isoloir de choc, oui : complètement insonorisé, et très certainement à l'épreuve des balles. D'ailleurs à y regarder de plus près, les parois transparentes n'étaient pas en verre, mais en plexiglas très épais, vraisemblablement armé. Bolan se demanda un instant comment toute cette architecture tenait en place. Le hangar était à l'évidence d'une facture assez ancienne, et semblait en passe de devenir un centre de contrôle ultra-moderne. Or, cette nouvelle affectation nécessitait toutes sortes d'aménagements, notamment au niveau de l'approvisionnement électrique, de la ventilation, et bien sûr du conditionnement de l'air, indispensable au bon fonctionnement d'un équipement électronique moderne. D'un coup d'œil, Bolan repéra un faisceau de gros câbles issu des combles, courant discrètement sur le mur du fond, ainsi que plusieurs grilles de ventilations camouflées dans le plafond. Oui, une soupe toute fraîche cuisait dans la vieille marmite!

Rickert à son tour, venait de repérer Bolan. Visiblement, cette apparition inattendue ne lui causait aucun plaisir. Il afficha aussitôt une expression non pas inquiète, mais franchement mécontente : il râlait contre d'Anglia-Casseur, et non pas contre Bolan-d'Anglia. Malgré tout, vu les événements survenus depuis la dernière entrevue des deux hommes, ces identités étaient aussi aléatoires l'une que l'autre.

Alors quel jeu jouer?

Et puis merde! Bolan s'approcha de la porte et hurla dans l'interphone :

– Libéré la lourde, Rickert!

Un des types dans la guérite jeta un coup d'œil rapide à Bolan, avant de consulter Rickert du regard. Celui-ci parut se figer un instant, le récepteur du téléphone toujours collé à son oreille. Mais il n'écoutait plus son interlocuteur. Bolan le vit remuer ses lèvres minces, tandis qu'il aboyait un ordre. La porte s'ouvrit, et Bolan pénétra dans l'isoloir.

Rose d'Avril le gratifia d'un regard absolument horrifié que les deux autres types n'eurent pas le loisir de remarquer, tant ils étaient occupés à dévisager l'intrus.

Sans leur prêter la moindre attention, Bolan-d'Anglia s'adressa directement à l'infortuné toujours agrippé à son téléphone :

– Pauvre crétin! rugit-il.

Pas mal comme entrée en matière.

Rickert reposa vivement son téléphone, déclara d'une voix de marbre :

– Je suis au courant. Je viens d'avoir Jack Lambert en ligne. Paraîtrait qu'on a commis une petite erreur.

– Une *petite* erreur! ricana Bolan.

Rickert lui lança un regard tendu, mais maître de lui, pourtant :

– Ce n'était pas une raison pour bousiller nos bureaux, déclara-t-il d'une voix glacée. On pouvait pas savoir qu'elle jouait avec vous! On a vérifié tout son merdier de papiers, sa carte de fédé, et tout le bastringue. On a eu confirmation partout. Alors comment vouliez-vous qu'on se doute?

– Viens pas me dire que tu l'as alpaguée parce que tu l'as prise pour un fédé, hurla Bolan. Arrête, tu vas me faire pleurer! Depuis quand vous autres, vous ruez dans les brancards sans...

– Ecoutez un peu, coupa Rickert d'une voix rageuse. C'était mes putains de téléphones à moi qu'étaient sur écoute. Vous croyez que je marche moi, dans ce genre de combine de merde? Je vous avais bien prévenu...

En deux enjambées, Bolan s'était rué sur lui et lui balança une gifle tonitruante en travers de la gueule. Rickert pivota brutalement comme un mauvais derviche tourneur, et s'effondra à quatre pattes sur le plancher.

– Tu m'as prévenu, mon cul! glapit Bolan avec l'accent authentique de l'autorité bafouée.

Aucun des quatre individus présents n'avait bronché d'un pouce. Sur le sol, Rickert secouait nerveusement la tête, comme pour tenter de retrouver ses idées.

Bolan regarda la fille et s'enquit :

– Ça va pour vous?

– Oui, fit-elle d'une voix douce et parfaitement contrôlée.

– Heureusement pour eux, murmura-t-il en lui tendant sa sandalette. Venez, poursuivit-il. On n'est pas en avance.

Rickert fit un effort surhumain pour se hisser sur son siège. Sa joue droite était rouge violacé.

– Vous êtes cinglé, d'Anglia! siffla-t-il entre ses dents.

– Pas autant que toi, rétorqua froidement Bolan. Tu n'es même pas fichu d'identifier tes ennemis. Tu es censé pourchasser Mack Bolan, nom de Dieu! Au lieu de quoi t'as foutu en l'air tout le... Tu n'as donc pas pigé que c'est pas toi qu'on espionnait? Pauvre crétin! On voulait simplement démasquer l'indic!

– Quel indic? marmonna Rickert, visiblement déconfit.

– Quel indic! ironisa Bolan, écœuré. Tu le prends pour quoi, ce mec? Un médium? Un devin? Comment tu crois qu'il a eu vent de nos affaires? Bon sang, on se demande vraiment qui t'a foutu au poste que tu occupes!

Sous l'insulte, Rickert parut retrouver toute sa contenance :

– Ne vous inquiétez pas pour cette ordure, déclara-t-il calmement. Nous nous occupons de lui. Nous le coincerons, l'enfant de salaud. Et alors... eh bien, vous et moi, d'Anglia, on se partagera le gâteau.

Bolan-d'Anglia eut un ricanement de dérision. Il prit la jeune femme par la main et sortit de l'isoloir.

Peut-être y était-il allé un peu fort! Juste un tout petit peu.

– Ouf! soupira doucement Rose d'Avril, comme ils avançaient dans l'entrepôt.

– L'heure du soulagement n'a pas encore sonné, murmura Bolan. Nous avons encore bien de la route à faire.

Et la route était longue. Rickert et les deux autres venaient juste de sortir à leur tour de l'isoloir, et s'apprêtaient à leur filer le train, à dix pas de distance.

Imperceptiblement, Bolan passa la main sous l'imperméable. Ses doigts trouvèrent immédiatement le bouton de commande de la petite boîte noire. Il poussa un profond soupir avant de presser le bouton, déclenchant ainsi le programme du lance-rockets.

Trois secondes pour la mise en place du viseur, trois secondes pour son verrouillage sur cible, et une seconde pour la mise à feu.

Bolan faisait en silence son compte à rebours : à la quatrième seconde, il entendit Rickert l'appeler :

– D'Anglia!

– Tirez-vous, ordonna doucement Bolan à Rose d'Avril.

En s'immobilisant, il se retourna :

– Oui?

Rose continua d'avancer, passa tranquillement la porte coulissante, s'approcha de la rampe de chargement.

– Vous aussi, jeune femme, attendez une seconde!

Six, sept...

– Va te faire voir, Rickert, ironisa Bolan. Tu l'as, ton...

Le premier oiseau de feu gicla en rugissant, laissant sur son passage des yeux exorbités, incrédules. Il explosa en plein milieu du parc à voitures, devant l'entrée des bureaux.

Rickert et ses deux acolytes se figèrent un instant, puis, brusquement se mirent à courir comme des fous. Dehors, la citerne de carburant, touchée par l'explosion, commençait à répandre son contenu sur le macadam, devant le hangar. Bolan s'écarta nonchalamment, prit à nouveau la jeune femme par la main et continua son chemin paisiblement.

Le second oiseau de mort percuta le bâtiment au moment précis où Rickert atteignait la rampe de chargement. L'explosion souffla d'un coup toute l'aile nord-est et la structure métallique du hangar parut agitée d'un étrange frisson, tandis que des flammes surgies de nulle part s'engouffraient dans la zone servant d'entrepôt.

Un des comparses de Rickert hurla :

– Nom de Dieu! Quel bordel!

– On dirait que votre ami n'est pas bien loin, glousa Bolan, quand les trois hommes passèrent à proximité. Voyons un peu si vous saurez lui dire deux mots.

A quelques mètres du bâtiment, Bolan se retourna et vit l'armée privée de Rickert en proie à la panique la plus noire. Serrant Rose d'Avril contre lui, il avança vers l'ouest, loin de l'enfer. Il entendit encore Rickert hurler quelque chose au sujet des extincteurs, puis des explosifs stockés dans le hangar.

– Ouf, fit alors Rose d'Avril après un dernier regard au bâtiment en flammes, et à la pagaille régnante. On peut soupirer, maintenant, n'est-ce pas ?

Oui, l'heure du soulagement avait enfin sonné. Bolan envoya vers le ciel son propre soupir silencieux : un soupir de reconnaissance, celui-là.

Pourtant il savait que Rickert et son armée privée n'avaient pas encore dit leur dernier mot. Sans doute avaient-ils à peine prononcé leurs premiers balbutiements...

CHAPITRE XII

Rose d'Avril passa directement dans la salle d'eau pour prendre un bain chaud, tandis que Bolan engageait doucement la caravane sur l'aire de desserte, pour s'éloigner de la zone de combat. Déjà, les véhicules de secours de l'aéroport répondaient à l'appel. Venant de toutes parts, des gens à pied se précipitaient comme des fous vers les lieux de l'incendie. Bolan, quant à lui, désirait prendre le large, tant que la circulation était encore ouverte dans le secteur, mais il ne tenait pas tellement à trop s'éloigner.

Les six bagnoles de la Société de Surveillance et de Protection étaient agglutinées les unes aux autres, tel un magma informe, qui brûlait dans un gigantesque bûcher, faisant naître des flammes démesurées déchirant le ciel obscurci de pluie. L'aile est du hangar brûlait également; des hommes en uniforme couraient en tous sens pour tenter de sauver ce qui restait à sauver, et peut-être éviter le pire.

Déjà, on commençait à sortir les morts et les blessés. Bolan se demanda, l'espace d'un instant, combien ses missiles avaient fait de victimes : sans doute pas assez!

La Société de Surveillance et de Protection apparaissait peu à peu sous son jour véritable : une opération d'envergure gigantesque. Au point que Bolan se voyait contraint de reformuler dans sa tête le modèle logique de ce « concept californien ».

Laissant derrière lui la zone d'enfer, il roula jusqu'au terminal de l'aéroport et trouva une place de parking d'où il pouvait contempler tout à loisir le désastre fumant de la Société de Surveillance et de Protection. Rose d'Avril sortit de la salle de bains, avec, pour tout vêtement, un slip. Elle avait la gorge sèche. Dans un des placards, elle dénicha une bouteille de vodka Eristoff. Faisant tinter deux glaçons dans son verre, elle se versa une bonne rasade, but une gorgée, avant de remplir le verre de Bolan. Il aimait la vodka Eristoff avec de l'orange.

Elle ondula avantageusement des hanches, en s'avançant vers lui, le verre à la main.

– Vous me trouvez comment? demanda-t-elle d'un air malicieux.

Il trempa légèrement ses lèvres dans son verre, apprécia le mélange.

– Parfaitement consommable, répliqua-t-il.

– Des mots, toujours des mots, minauda-t-elle avant de disparaître pour passer des vêtements propres.

Deux voitures de la police de Burbank passèrent non loin dans un crissement de pneus, suivies de plusieurs ambulances, et un véhicule d'urgence. Dans le lointain, on entendait un ululement de sirènes qui approchaient.

Quand Rose d'Avril revint vers l'avant, elle portait un jeans délavé, avec un pull-over.

– Votre pantalon est trempé déclara-t-elle à Bolan. Enlevez-le.

Il grimaça un sourire, avant de reprendre son observation.

Alors seulement, Rose réalisa que la caravane était immobilisée.

– Mais qu'est-ce que...? Je pensais que nous... Pouvez-vous enfin me dire ce que nous faisons ici?

Bolan savait trop bien ce que ressentait la jeune femme. L'angoisse, le stress, et leur disparition brutale ont parfois d'étranges effets sur l'esprit et libèrent certaines pulsions soigneusement refoulées en temps ordinaire.

– Asseyez-vous! ordonna-t-il. Reprenez-vous, soldat. Notre journée ne fait que commencer.

– *Votre* journée, corrigea-t-elle. Moi, j'ai eu ma part de guerre pour aujourd'hui.

– Vous quittez l'active?

– J'y songeais, précisément, répondit-elle paisiblement.

Il la regarda et reprit tout aussi tranquillement :

– En tout cas... on commence à y voir un peu plus clair. Votre part de guerre était un cadeau du ciel, mon petit. Je crois avoir enfin compris ce que trafiquent ces gars.

Il réfléchissait à la cage transparente et ses merveilles électroniques : un isoloir, oui. Une cellule translucide, aussi.

Mais apparemment, l'esprit de Rose d'Avril vagabondait ailleurs.

– Vous êtes vraiment assez fabuleux, murmura-t-elle doucement. Quel gâchis, Mack... Vous pourriez réussir pratiquement n'importe quoi. Vous êtes intelligent, délié, et tellement organisé... tellement doué... tellement...

– Tellement beau, peut-être? s'enquit-il avec un mince sourire.

– Je suis sérieuse.

– Moi aussi.

Il venait de brancher le système d'optique, et réglait le champ sur la portion de route s'étendant devant eux, de manière à obtenir, malgré la pluie, une image aussi nette que possible.

– Ces individus cherchent à bouffer votre monde, Rose, reprit-il doucement. Ils l'ont déjà fait et voudraient bien remettre ça. Alors pourquoi parler de gâchis?

Elle ne répondit pas.

Après quelques instants de silence, il soupira :

– Ce coup-ci, c'est vous l'expert. Vous êtes restée là-bas plus longtemps que moi. Qu'avez-vous observé?

Elle haussa modestement les épaules tout en croisant ses longues jambes :

– J'ai vu tout un appareillage ultra-sophistiqué : le dernier cri de la technique électronique. Il y en a pour des millions et des millions de dollars. Mais il s'agit malgré tout d'un matériel standardisé. Toutes les grosses entreprises de surveillance sont équipées ainsi, de nos jours. Enfin, à quelques détails près. Je veux dire, ce n'est pas parce qu'ils possèdent ce genre de matériel que nos lascars magouillent automatiquement hors de la légalité. Ils pourraient très bien avoir pignon sur rue et faire un business honnête.

Bolan eut un sourire grinçant :

– Figurez-vous que toutes les entreprises privées de protection ou de surveillance ne sont pas systématiquement sous contrôle de la pègre, je le sais. Pourtant, celle qui nous intéresse l'est. Rickert est une ordure et il n'est pas seul en cause : la structure tout entière est pourrie, grouillante de vermine.

– Oh, Mack! soupira doucement Rose. Je vous en prie, emmenez-moi au bord de la mer, à Rio, ou même à Acapulco. Je ne veux pas sangloter un jour, sur votre cadavre déchique-[illegible]é. Je veux rire, faire l'amour, avoir des [illegible]fants.

[illegible] Moi aussi, Rose, souffla-t-il d'une voix [illegible]gement tendre.

[illegible]ne femme se leva alors d'un geste las [illegible] à l'arrière de la caravane pour en [illegible]ec du papier et un stylo. Avec des [illegible]is, elle fit un croquis, tout en énu-[illegible] ce qu'elle avait repéré dans le [illegible]mmande :

– J'ai vu près d'une douzaine de circuits intégrés, sous contrôle vidéo permanent. Plusieurs vidéoscopes enregistreurs également, ce qui implique qu'ils peuvent stocker de façon définitive, toutes leurs informations. Ils ont aussi trois terminaux d'ordinateurs, s'ils sont correctement reliés, ils peuvent avoir accès à n'importe quoi : la banque d'informations de Washington, celle de Sacramento, bref ce qu'ils veulent. Ce n'est plus qu'une question de programmation correcte. Quoi d'autre? Ah oui, des relais d'écoute téléphonique, et des circuits de transmission privée, couplés bien entendu à des enregistreurs. Egalement, tout un système de télémétrie à micro ondes. Enfin plusieurs scanners, un circuit de télévision interne et un émetteur radio avec brouilleur. Pas mal, non?

Oui, pas dégueulasse, même si elle en avait oublié, dans son énumération.

– A votre avis, demanda Bolan, cette cellule translucide, elle est unique, ou ils en possèdent d'autres?

– Oh, elle fait certainement partie d'une sorte de chaîne. Un genre de réseau extrêmement sophistiqué et complexe.

Un réseau : c'était bien ainsi que Bol entrevoyait le décor. Un conglomérat de cel les toutes interdépendantes les unes c autres.

Mais Dieu seul savait quelle était la conf ration du réseau, et comment s'articulai logique.

Ils effectuèrent leur sortie comme Bolan l'avait prévue : les deux camions et l'estafette se frayant prudemment un chemin parmi la panique des bagnoles de secours et des véhicules de pompiers. Rickert ne tenait sûrement pas à voir ses troupes de guerre retenues pour l'inévitable enquête de police. Il avait dû laisser derrière lui deux ou trois de ses hommes, de manière à satisfaire la curiosité légitime des flics. Le reste s'était embarqué à bord des deux gros camions, chacun étant aménagé pour contenir vingt-cinq à trente hommes, plus leur équipement. Sacrée manœuvre de troupes qui se rendaient peut-être à quelque obscur rendez-vous, avec d'autres éléments de réseau, planqués dans le même secteur.

Cela faisait quand même beaucoup de monde; Bolan n'était pas vraiment certain que l'on ait dépêché pareil rassemblement uniquement pour lui faire échec. Sans doute, quelque chose de beaucoup plus important se préparait-il et coïncidait comme par miracle avec sa venue ici. Une opération qui avait probablement nécessité une minutieuse mise au point et ne pouvait être annulée ainsi, du jour au lendemain, simplement parce qu'un incident imprévu s'était produit.

Depuis déjà quelques temps Bolan avait eu vent d'une nouvelle magouille californienne. C'était peu après son opération-nettoyage de New York; à cette époque-là, il avait formé le projet de revenir en Californie, pour y exterminer définitivement la vermine renaissante.

Il n'avait donc pas débarqué ici par hasard, et son irruption sur la scène californienne au moment précis où se préparait une vaste opération, n'avait rien d'une coïncidence. Depuis bien longtemps, il avait appris à reconnaître les forces sous-jacentes qui manipulent et déterminent les acteurs humains sur cette scène que l'on appelle la vie. Non qu'il ait jamais accordé beaucoup de crédit aux différentes théories de la prédestination, ou à ce que l'on nomme plus communément l'inéluctabilité du destin. Mais il était très sensible aux influences et aux tensions psychiques et parfois parapsychiques souvent impalpables pour des esprits moins entraînés. Du reste, ce type de sensibilité est le propre de tout bon combattant. Quand elle atteint un degré supérieur, on parle alors de génie militaire.

Pour Bolan, ce génie militaire n'était autre qu'une aptitude à renifler de subtiles influences, pour réagir de manière appropriée, au moment adéquat.

En tout cas, c'était certainement cette sensibilité qui l'avait amené ici et qui, inconsciemment, l'avait poussé à choisir le moment : celui où l'ennemi effectuait une manœuvre massive.

– Un réseau, s'entendit-il murmurer, tandis qu'il branchait le pilote automatique de la caravane sur le dernier des camions de Rickert.

Il les prenait en filature.

– Que disiez-vous? s'enquit Rose d'Avril.

– Une sorte de réseau, n'est-ce pas? répéta-t-il en reprenant les propres termes de la jeune femme.

– Les réseaux, ce sont comme les liens, murmura-t-elle d'une voix rêveuse. Il en existe de toutes sortes. Par exemple les liens entre un homme et une femme, pour commencer.

Il la gratifia d'un mince sourire :

– Tiens, je n'y avais pas pensé, nous devrions l'inscrire sur votre mémo.

– Mais pas pour commencer, n'est-ce pas? grinça-t-elle un peu amère.

Non, hélas, pas pour commencer.

D'autres types de liens occupaient maintenant le devant de la scène : ceux qui assujettissent l'individu aux événements, les événements à la vie, et la vie à la marche de l'univers.

C'était de sauvegarde qu'il s'agissait.

Sauvegarde de tout ce qui rend la vie belle et donne un sens au monde. Les liens entre un homme et une femme ne pouvaient assurer qu'une petite partie de cette sauvegarde. Pour le reste, il fallait bien s'en remettre aux liens unissant l'individu aux événements.

Par conséquent, Mack Bolan se sentait irrévocablement lié à l'événement considérable qui se préparait dans cette ville sublime.

Il prit la main de la jeune femme et la serra avec toute la passion qu'il éprouvait dans l'instant. Il désirait vivre, bien sûr. Il voulait aimer et rire, chanter et danser. Il détestait la mort, la destruction, la haine, la douleur...

Elle dut sentir son angoisse, car elle murmura doucement :

– Je suis désolée.

– Moi aussi, répliqua-t-il, et il était sincère.

Il était désolé pour tous ces rêves brisés, tous ces cœurs, ces vies, brisés aussi, ici, là-bas, partout. Il était désolé surtout pour Rose d'Avril.

Peut-être un jour l'emmenerait-il au bord de la mer, à Rio, ou même à Acapulco... n'importe où, pourvu qu'il fasse chaud et bon vivre.

Mais peut-être aussi ne pourrait-il jamais le faire...

CHAPITRE XIII

Le gibier filait vers le nord, s'enfonçant dans la vallée de San Fernando, et la pluie commençait à diminuer. Bolan suivait à distance raisonnable, sans chercher à forcer l'allure, quand le voyant lumineux du téléphone mobile se mit à clignoter. Il appuya sur le bouton :

– En ligne, fit-il brièvement.

– Terreur? Ici, Alice.

C'était le nom de code de Brognola, choisi à cause de son lieu de travail, Washington, dit le Pays des Merveilles, au bord du Potomac.

Bolan jeta un regard ambigu à la jeune femme à côté de lui avant de répondre :

– T'appelles sur une ligne locale?

– Exact.

La voix de Brognola trahissait un brin d'émotion qui n'échappa pas à son interlocuteur.

– Tu pourrais pas passer sur une ligne lessivée? poursuivit le fédé.

En langage clair, il désirait parler sur une ligne sans écoute.

– Difficile, pour l'instant, répliqua Bolan. J'ai peur de rater le deuxième acte, si tu vois. Tu crois que la lessive ne pourrait pas attendre?

– Pas vraiment, répondit l'autre visiblement perplexe. Tant pis, prenons le risque. Où se trouve ta jolie nounou?

Il s'inquiétait pour Rose d'Avril dont les mésaventures lui étaient parvenues aux oreilles.

– La nounou se porte comme un charme, assura Bolan.

Avec un clin d'œil à Rose, il ajouta :

– Elle t'envoie plein de tendresses et de bisous.

– Super! s'exclama l'autre, visiblement soulagé. Je me doutais bien que t'étais pas resté à te tourner les pouces. J'imagine que ça explique la fête de Burbank?

Ainsi, il était déjà au parfum.

– Ça explique tout, reprit Bolan. T'as des oreilles supersoniques, on dirait?

– Peut-être bien, mais je ne suis pas le seul, fit Brognola avec une gravité soudaine. On prépare un plan d'urgence dans le secteur. Je crois que tu connais la chanson, non?

Effectivement, Bolan connaissait : il s'agissait d'une manœuvre de police pour un quadrillage total de la ville, nécessitant le regroupement de toutes les juridictions de l'agglomération. Normalement chaque secteur de Los Angeles était doté d'une police quasi autonome. Mais ces polices indépendantes étaient également capables, dans certains cas, de coopérer, et le résultat était redoutable.

– Tu fais bien de me prévenir, soupira Bolan, mais tu sais, je ne m'attendais pas, à une promenade de santé, par ici.

– Je m'en doute. J'ai touché deux mots à notre ami des hautes sphères. T'inquiète pas, Terreur, le cœur y est toujours. Seulement, vois-tu, c'est le cerveau qui commande la main, pas le cœur. Tu saisis?

Bien sûr, Bolan comprenait. Et du reste, jamais il ne songerait à jeter la pierre à une police faisant sérieusement son boulot.

– Chacun doit cultiver son jardin, Alice, répliqua-t-il tranquillement. Pour la bonne marche du monde...

– Ouais, mais quand même, fais gaffe où tu mets les pieds.

– T'inquiète.

– Autre chose : on a vérifié les bricoles de ta nounou : pas grand-chose à dire. La conversation enregistrée c'est du bidon, ton adresse de Silverlake, tu peux l'oublier également : bidon aussi.

« Jay Leonard » donc n'existait pas. Ce n'était qu'un prête-nom apposé à un téléphone relais. Décidément, le jeu devenait de plus en plus vicieux dans le Milieu : un vrai divertissement pour magiciens.

Sans montrer sa déception, Bolan répondit :

– Dommage. Vous l'avez traqué jusqu'où, pour vous en assurer?

– Sacramento. Et là on est tombé sur un

grand rien du tout. Une ligne morte, si tu préfères.

– Morte, tu dis?

– Oui, le relais n'aboutissait nulle part. Du reste, la ligne a été coupée, sitôt la communication branchée. Donc tu peux laisser tomber.

– On verra, fit Bolan. A présent, je vais te refiler une piste vierge, Alice, alors ouvre bien grand tes portugaises.

– Si tu penses que c'est valable, vas-y.

– A mon avis, ça vaut le coup d'aller renifler. C'est un gars de Sacramento : Arthur Bloom, comme le bruit d'une explosion, le « l » en plus. Il est en liaison. Par l'intermédiaire de Jimmy Portillo.

Brognola fit entendre un petit sifflement.

– Décidément, ce nom revient sur le tapis à tout bout de champ, ces temps-ci, murmura-t-il doucement.

– Il était dans le secteur au petit jour, ce matin.

– Pas mal.

– C'est bien ce que j'ai pensé. Quand je l'ai laissé, il était vaguement amoché, et cherchait une tanière où panser ses blessures au *Hilton* de Hollywood.

– T'en es sûr?

– Pas vraiment, admit Bolan. Mais je sais qu'il y a téléphoné pour demander une piaule.

– OK, je vais faire vérifier, déclara Brognola.

Et puisque tu me parais en verve, que s'est-il passé avec Mc Cullough?

– La fête a démarré sur les chapeaux de roues, expliqua Bolan. Beaucoup trop vite. C'est moi qui menait la danse, et j'ai dû abandonner le gars. Je lui ai suggéré de se trouver une planque et de s'y terrer quelque temps.

– Alors il a dû en dénicher une, parce que la petite famille a tout simplement disparu. Dis-moi, Terreur, qui a commandité la descente, à ton avis?

– A ce que j'ai compris, ça ne serait pas sans rapport avec le joint dont je t'ai mentionné le nom tout à l'heure. Mais le sujet est glissant. Mieux vaut attendre une ligne claire.

– Bon, revenons aux choses sérieuses : tu pourrais pas me faire parvenir un rapport dans les plus brefs délais?

Le fédé voulait un compte rendu des événements de la journée. C'était raisonnable de sa part, et pas vraiment prématuré. Bolan risquait sa vie à chaque minute. Au cas où il disparaîtrait, Brognola tenait à récupérer ce qu'il avait pu découvrir sur le « concept californien ».

– Notre petite nounou s'en occupe précisément en ce moment, répondit Bolan. Dès que c'est prêt, on vous le fait parvenir sur le canal Zebra.

Zebra était un terminal d'ordinateur à Washington, auquel Bolan avait accès directement depuis sa caravane.

– Parfait, soupira Brognola. Encore un point :

ne te laisse pas trop bercer par la sérénade, mon vieux, tu veux?

– Jamais, tu me connais! gloussa Bolan avant de raccrocher.

– Il avait l'air inquiet, intervint immédiatement Rose d'Avril.

– Brognola n'est pas un rêveur, commenta Bolan. Il se fait des cheveux surtout à cause de la police de Los Angeles. Il a dû essayer de lui couper l'herbe sous le pied, mais il s'est sans doute fait pincer par la queue.

Tout en parlant, il fixait sur la jeune femme un regard dur comme de l'acier.

– Oh, Mack, je vous en prie, ne me regardez pas comme ça! fit-elle nerveusement.

– Vous saviez depuis le début qu'il était ici, n'est-ce pas? demanda-t-il d'une voix glaciale.

– Pas... euh... pas vraiment. Disons que je savais qu'il était dans les parages.

– Et pourquoi, moi, je n'étais pas au courant?

– Je suppose tout simplement parce que nous n'avons pas eu l'occasion d'en parler, répondit-elle ingénument.

– Qui l'accompagne?

– Oh, comme d'habitude, je pense. Toute une équipe.

Une équipe, pardi! Brognola emmenait toujours ses fédés avec lui, car il redoutait la raideur et la lenteur des hommes du FBI.

– Où rôde-t-il exactement, Rose?

– Ne vous inquiétez pas, fit-elle un peu agacée. M. Brognola sait parfaitement que vous aimez avoir de l'air.

Mais Bolan n'était pas tranquille. Il lui fallait toujours connaître l'identité de ceux qu'il risquait de rencontrer dans une zone de combat. Il avait déjà assez de mal à épargner les amis et les innocents, même quand il savait qui ils étaient, et où ils se trouvaient.

– Rappelez-le, ordonna-t-il.

– Qui?

– Brognola, bien sûr.

– Parce que vous vous imaginez que je sais où...

– Débrouillez-vous, coupa brutalement Bolan.

La fille soupira, avant de saisir le téléphone mobile. Elle était contrariée.

– Qui paie la communication? s'enquit la voix à l'autre bout.

– Devine, grommela Bolan.

– OK, soupira Brognola, résigné. Faites donc une fleur à un ami. Ça vous retombe toujours sur le dos.

– Tu m'as pris en filature, pas vrai? demanda Bolan.

– T'es pas sérieux, voyons!

– Oh si, rétorqua froidement Bolan. Figure-toi que tu gênes mon ombre, mon vieux. Et si tu savais comme ça me fait mal! A quand le divorce?

Brognola eut un petit soupir soumis :

– C'est bon. Deux minutes, ça te va? Mais je ne vois vraiment pas où ça peut te faire mal.

– T'as envie de me faire une fleur, pas vrai?

– A vos ordres, chef.

– OK, fit Bolan. Je te largue la nounou dans une minute très précisément. Branche ton chrono, t'as compris. Je veux que tu la repêches.

– C'est pas du jeu! hurla Rose.

Mais Brognola poursuivait dans l'appareil.

– Pas de problème. Mais peut-on connaître la raison?

– Salaud! glapit Rose.

– Elle te l'expliquera, déclara tranquillement Bolan. Et, surtout, fiche la paix à mon ombre, Alice.

Rose s'était dressée de son siège comme une furie, et tournait le dos à Bolan.

– Ne sois pas si chatouilleux, tu veux? fit Brognola. Ton territoire est absolument libre, physiquement parlant.

– Que veux-tu dire?

– Rien de plus que ce que tu as entendu. Seulement ne nous demande pas aussi de te chasser de notre cœur.

Bolan était sincèrement touché, maintenant, aussi répondit-il d'une voix émue :

– OK, mais laisse-moi te dire une chose : je ne tiens pas à trouver des copains planqués dans les buissons en flammes.

– Nous avons parfaitement pigé, rétorqua Brognola.

– Alors merci, et salut, fit Bolan avant de raccrocher.

Rose d'Avril lui lança un regard plein de hargne :

– Vous êtes vraiment dégueulasse!

– Oh, fermez-la, Rose, voulez-vous? J'ai du boulot pour vous, et c'est pas du nougat. Alors arrêtez vos âneries. Je veux que vous alliez titiller tous les ordinateurs à votre disposition. Trouvez-moi un dossier complet sur Mc Cullough. Je désire connaître les moindres détails de sa vie, professionnelle, personnelle, publique, cachée. Tout : ses capitaux, ses relations, ses mariages, ses ennuis avec sa fille, tout, vous me comprenez?

– Mais je peux aussi bien vous fournir tout ça, en travaillant ici! protesta-t-elle.

– Non, rétorqua-t-il sans ciller. Ça nous obligerait à mobiliser le matériel à un moment crucial. Je préfère vous voir travailler sur un canal clair. Brognola peut vous l'assurer. Il vous donnera aussi les accès nécessaires. La police fédérale s'est beaucoup intéressée à Mc Cullough, ces dernières années. Hal sait très précisément ce qu'il me faut, et vous, tâchez de ne rien omettre.

– Alors, c'est véritablement une mission! s'enquit-elle radoucie soudain.

– Oui! Et j'espère bien que vous allez vous magner le train. Je veux des résultats dans une heure ou deux, tout au plus. Passez-les sur le canal Zebra et balancez un coup de clignotant, quand tout sera prêt.

– Et après, je pourrai venir vous rejoindre?

– Bien sûr. Le plus tôt possible. Pourquoi cette question?

– Je croyais que... vous... enfin, que vous étiez furieux contre moi. A cause de...

– Sûr que je râle. Mais pas suffisamment pour vous tirer vraiment les oreilles. De toute façon on est associés maintenant, non?

Elle eut un regard vaguement incrédule :

– OK, je crois que j'ai pigé ce que vous vouliez.

– Préparez-vous! ordonna-t-il. Je vous largue.

Dix secondes plus tard, elle était près de la porte, tandis que la caravane ralentissait.

Il lui envoya un baiser qu'elle attrapa au vol et enfouit dans son chemisier.

Bolan la regarda dans son rétroviseur : silhouette frêle, menue et si vulnérable...

Bien sûr, elle aurait pu utiliser l'ordinateur du bord. Mais Bolan voulait surtout la savoir à l'abri de la zone de combat.

Son instinct de guerre trépidait, maintenant. Le message était clair. Il se préparait une sacrée bataille, et les minutes étaient comptées.

CHAPITRE XIV

Le gibier poursuivait sa course. Il avait dépassé l'agglomération de San Fernando et se lançait maintenant à l'assaut des montagnes. Brusquement, il obliqua sur la route d'Etat 14, et prit la direction du nord-est, comme pour gagner Soledad Pass. Bolan sentit un frisson sournois lui parcourir l'échine. La nature, par ici, se faisait peu hospitalière. D'un côté, les montagnes de San Gabriel, puis la forêt nationale d'Angeles; de l'autre, Palmdale et le désert de Mojave. Un peu plus loin se trouvait la base aéronautique de Edwards, et également China Lake, le centre d'armement naval. En outre, la route coupait d'abord la Nationale 395, principale voie de liaison entre la Californie du sud et la Sierra Nevada, et ensuite la route d'Etat 15, le chemin le plus direct pour Las Vegas.

Mais où donc allaient-ils, nom de Dieu! Bolan songea sans grand plaisir que c'était peut-être pour nulle part, seulement une façon de l'entraîner loin de la scène où se jouait l'action. D'un autre côté, vu les circonstances, c'était peu probable.

Bolan sentit un nouveau frisson le secouer quand le voyant du téléphone mobile se mit à clignoter. Il brancha l'appareil directement sur l'enregistreur de la console de commande et appuya sur le bouton pour obtenir l'écoute. C'était Leo Turrin, son ami de toujours qui l'appelait de New York.

– C'est bien moi, fit Bolan. Que se passe-t-il?

– Tu pourrais pas me prendre sur une ligne fixe?

– Impossible, sauf s'il s'agit de vie ou de mort.

– Si ça se trouve, c'est le cas, rétorqua Leo d'une voix très préoccupée. T'es allé jusqu'où, avec ce rancard que je t'avais refilé?

– Jusqu'au bout, bien sûr. Un jeu d'enfant.

– Oui, j'imagine, et c'est bien ce qui me chagrine. Trop facile, si tu vois. C'était peut-être un rancard mité. Faut que je te raconte.

– Si ta ligne est sûre, tu peux y aller. Moi, pour l'instant, je ne risque rien.

Turrin laissa échapper un profond soupir, réfléchit quelques instants avant de déclarer :

– De mon côté, la ligne est claire. Je suis au sous-sol. Ecoute, ici, depuis cet après-midi, on pédale dans le yaourt comme des fous. (Il parlait évidemment de ses amis de la *Commissione,* au siège de New York.) Ils tiennent un conseil exécutif, en ce moment même, et l'ordre du jour, c'est ton rancard. Ils ont essayé de me tirer les vers du nez pendant plus d'une demi-heure. Le type de Jersey nie toute l'affaire en bloc. Il prétend n'avoir jamais entendu parler de notre ami, ni eu aucun contact avec moi depuis plus de quinze jours. Il m'a craché ça en pleine gueule, au beau milieu du conseil. Ça pue, Terreur! Je suis sûr que c'est un piège. Je...

Mais Bolan le coupa vivement :

– Attends un peu, procédons par ordre. Savent-ils que t'as passé le mot à l'Ouest, en vue d'une intervention?

– Tu parles! Surtout pas. D'ailleurs la question n'a même pas été posée. Comme je te l'ai dit, ils avaient pris la requête en considération et attendaient un peu pour faire connaître leur réponse. Et puis, tout d'un coup, voilà que ça se met à s'agiter à gros bouillons, alors que jusque-là, c'était plutôt tiédasse. Franchement, je me demande ce qui a bien pu les exciter. Ils ont fait venir ce type de Jersey. Il a joué au con, mais Dieu merci, il n'a rien lâché sur l'info que je lui avais refilée cette nuit. Alors tu penses, moi aussi, je l'ai bouclée! Mais n'empêche que ça pue le pourri.

– Dans quelle posture tu es, à présent? s'enquit Bolan.

– Oh tu me connais, grommela le mafioso camouflé. Je retombe toujours sur mes pattes. On a renvoyé le gars à Jersey et j'ai commencé à clamer sur tous les toits que l'affaire schlinguait drôlement. Puis j'ai conseillé à tout le monde de faire le mort, comme si on ne nous avait jamais rien demandé, et d'oublier l'incident.

– Et comment ont-ils réagi?

– Ils étaient d'accord pour tout oublier. Seulement ils s'en sont bien gardés. Et en ce moment-même, ils s'agitent comme des fous, ils convoquent à tour de bras, donnent des douzaines de coups de fil et je t'en passe. Ils ont pas l'air de vouloir lâcher le morceau, tu sais, Terreur.

– Ils appellent dans le secteur?

– Pas toujours. Il ont passé un coup de biniou à Vegas, deux à Los Angeles, un à Palm Spring.

– Qui se trouve à Palm Spring, en ce moment?

– Bunny Cerrito.

Cerrito était un vieux chef mafioso retiré depuis des années.

– Ah, ah, fit Bolan. Et il est toujours dans l'active, Bunny?

– Pas à ma connaissance, répliqua Leo. Tu penses, il a au moins quatre-vingts ans. Mais tu les connais, ces fossiles de la vieille école. Ils ne se retirent pour de bon que le jour de leur enterrement. Je crois que Bunny continue à faire quelques petits coups diplomatiques : un coup de téléphone par-ci, un mot par-là. Tu vois le genre.

– Oui, admit Bolan, je crois que t'as raison. Par un bout, on se l'est fait mettre. Dis-moi, tu pourrais pas disparaître, t'évanouir pour le reste de la journée?

– Bien sûr, répliqua l'autre, un peu amer. Si tu crois que c'est le mieux.

– A mon avis, oui, fit Bolan. Ne reviens pas barboter sans t'être bien assuré de la couleur de l'eau. D'accord?

– OK, fit Turrin. Dis-moi un peu, il est quatre heures ici. A quoi ressemble ton mardi, là-bas?

– A un joli massacre, répliqua Bolan.

– Si je peux faire...

– Ça te dit quoi, à toi, les montagnes de San Gabriel?

– Strictement que dalle.

– Et China Lake?

– Pas davantage.

– Et le désert de Mojave?

– Pour moi, c'est un grand cimetière façon di George, c'est tout.

Bolan eut un soupir de lassitude avant de déclarer :

– Décidément, t'es pas d'un grand secours, mon pote.

Sur l'écran de la console de navigation, un signal de changement de cap venait d'apparaître : le gibier avait abandonné la route 14 à North Oaks, pour repiquer vers le sud.

– Je te laisse, Terreur, fit Turrin, à l'autre bout. Vas-y tout doux. Cool, cool, mon vieux. On te recontactera, Hal ou moi.

– OK. Salut!

Bolan débrancha le commutateur et concentra toute son attention à sa filature.

Quelque part, pourtant, dans son esprit, il

avait remarqué que le signal radio d'alimentation du téléphone mobile avait augmenté d'intensité au cours de la conversation avec New York. L'inverse eût été plus normal, puisque la ligne était alimentée par le central de Los Angeles et que la caravane n'avait cessé de s'éloigner de la ville. Peut-être était-ce parce que le véhicule prenait de l'altitude. Ou alors les tours de transmission de Los Angeles...

Cette pensée se figea instantanément dans la matière grise de Bolan.

Réseau – relais à micro-ondes – tours de transmission...

Merde! Le puzzle commençait à s'assembler!

Ses éléments avaient les couleurs de la technologie de l'ère de l'espace. Avec des magiciens jouant comme des prodiges sur leur appareillage ultra-sophistiqué.

Un réseau, le concept californien?

Pourquoi pas?

Mack Bolan était peut-être tombé en plein sur la source d'alimentation du réseau.

CHAPITRE XV

C'était une route toute récente, fraîchement goudronnée, sans signalisation, sauf quelques panneaux indiquant qu'elle était privée et interdite à la circulation. Sur les deux cents premiers mètres, elle était droite et à peu près plate. Au-delà, elle partait à l'assaut de la montagne, en un interminable dédale de virages en épingle à cheveux. Bolan en avait parcouru à grand-peine moins de deux kilomètres, quand apparut sur l'écran de contrôle un train d'ondes bizarres, de forme inhabituelle. Il coupa vivement le radar, tous ses appareils électroniques et sortit de la route dès qu'il trouva un endroit à peu près favorable.

Une prudente exploration préalable confirma ses soupçons.

Un peu plus loin, juste derrière le virage suivant, s'élevait une haute clôture coupée par un imposant portail pour voiture, solidement verrouillé. Plus surprenant encore, il était flanqué d'une baraque de gardiens, portant sur son toit un système d'antenne pour le moins étrange : un truc avec deux disques convexes accolés l'un à l'autre, tenant à la fois du radar, et de l'émetteur de micro-ondes, sans pour autant être ni l'un ni l'autre. Deux mecs en uniforme de la société de Surveillance et de Protection gardaient le portail. Deux autres avaient pris place dans une Land-Rover stationnée non loin. Tous quatre portaient des armes automatiques.

L'objectif à proprement parler était situé à un kilomètre environ, à l'intérieur de la clôture, qu'il dominait d'au moins trois cents mètres. Il apparaissait de façon intermittente, entre deux lambeaux de brouillard : petites lumières rouges clignotant au sommet râpé de la montagne.

Eh oui, Rose... un réseau...

Sur le portail, un gros écusson représentant deux sphères entremêlées et barrées par l'inscription sibyllin : CASE.

Bolan regagna rapidement sa caravane et brancha le canal de communication pour un contact avec Brognola. Osé, mais nécessaire. Il ne voulait pas risquer d'être démasqué, avant d'avoir pu donner l'alarme.

– Je suis à la bourre, déclara-t-il à Alice. T'es toujours dans les parages?

– Oui, répondit vivement l'autre. Si l'on veut. Où se trouve le gibier?

– Sur le toit du monde, répondit Bolan. Ça s'appelle : CASE. C'est sûrement un anagramme ou un truc du genre. En tout cas, c'est truffé de détecteurs, alors n'approche pas et coupe tout le business électronique.

– C'est quoi, cette salade?

– Demande à la nounou. Dis-lui que ça ressemble beaucoup au chaînon central. Mais fais gaffe à tout ce qui peut émettre. Coupe le moteur, les appareils radios, tout. OK? Maintenant je file.

Bolan coupa le contact et se prépara rapidement pour une mission de reconnaissance plus approfondie. Il choisit la combinaison noire, de grosses bottes, une paire de jumelles et un barda d'ordonnance qu'il s'accrocha à la poitrine.

Il portait l'Automag collé à la hanche droite, et l'Ingram suspendu par une courroie de cuir autour du cou. Plus, bien entendu, d'autres accessoires légers. Pour finir, avec une pensée émue pour Rose d'Avril, il glissa sous sa combinaison un minuscule trans-récepteur.

Le tout représentant un poids assez lourd : le barda d'ordonnance à lui tout seul pesait plus de vingt kilos. Mais Bolan savait qu'il n'aurait pas l'occasion de revenir souvent dans le secteur. En outre, il pouvait avoir à affronter pratiquement n'importe quoi. Alors mieux valait mettre tous les atouts de son côté. Deux choses pourtant paraissaient assurées : une longue course en montagne l'attendait. Et sitôt qu'il aurait pénétré à l'intérieur de la clôture, les risques seraient grands.

Il laissa la caravane à couvert et s'apprêta à effectuer sa reconnaissance, chargé comme un mulet. Il s'approcha de la clôture, en coupant à travers bois, très au sud de la route.

Le temps était véritablement sinistre : une petite pluie fine et glacée, avec des lambeaux de brouillard accrochés çà et là dans le ciel grisâtre, de quoi désespérer n'importe quel amoureux de la nature. Bolan, pour l'instant, se moquait pas mal de la nature, le mauvais temps au contraire lui donnait un curieux sentiment de sécurité.

Il arriva enfin tout à fait au sud de la clôture : une structure super solide à panneaux métalliques, reliés entre eux par de lourdes chaînes et surmonté de six rangées de fil de fer barbelé. Le tout électrifié, avec des pancartes ne laissant aucun doute sur la puissance du courant utilisé. Comme prévu, flambant neuf. La trouée effectuée dans le terrain pour implanter la clôture était encore toute fraîche et avait été tracée au bulldozer. Des traces du passage de l'engin apparaissaient encore sur la terre nue et meuble de part et d'autre de la barrière.

La pluie, sur cette terre fraîchement remuée, avait causé quelques dégâts qui allaient permettre à Bolan une pénétration en douceur. Il suivit la clôture vers l'ouest, jusqu'à ce qu'il trouve ce qu'il voulait. Dix minutes plus tard, c'était chose faite : il venait de repérer une sorte de goulet étroit et profond, passant sous les panneaux métalliques. A l'évidence, on avait essayé de combler cette gorge naturelle, au moment de la mise en place de la barrière. On y avait vraisemblablement déversé des tonnes de terre perdue, de gravats et de cailloux, mais la pluie incessante l'avait sérieusement endommagée. Des larges trous apparaissaient en plusieurs points.

Bolan posa à terre son lourd fardeau et se mit à creuser doucement l'endroit le plus favorable. Au bout de cinq minutes de patient labeur, il avait aménagé sous la clôture un passage assez vaste lui permettant de se glisser sans encombres.

Il enveloppa soigneusement son barda dans un feuillet de plastique, le passa à l'intérieur de l'enceinte, pour le camoufler dans les buissons. Il ne gardait avec lui que l'Automag et l'Ingram. A présent, il se sentait aussi léger qu'une hirondelle. Mais, comme l'oiseau, il devait parcourir sa route. Longue et plus interminable encore, quand Bolan aurait à se replier avec tous les hommes de la Société de Surveillance et de Protection accrochés à ses talons.

Au stade où il était, Bolan ne pouvait plus faire machine arrière. Il lui fallait savoir ce qui se mijotait ici. Pour le compte de qui et pour quelle raison.

Quelque chose, enfoui tout au fond de son être lui murmurait qu'il était sur le point de cerner ce fameux « concept californien ». Une affaire énorme, colossale et pas tellement rassurante... quelle qu'en soit la nature.

Apparemment, Rickert avait amené ici du renfort. Pour la protection de qui? De quoi?

CASE.

Bon Dieu! Que pouvait signifier ce mot?

Bolan avait bien l'intention de le découvrir et, ce, avant de se laisser entraîner dans la bataille, en plein champ ennemi.

Quand il s'agit de donner sa vie, un homme aime bien savoir pour qui et pour quoi il le fait.

CHAPITRE XVI

Les deux gros cars de tourisme avaient dépassé l'embranchement de la route privée et s'étaient garés sur le bas-côté d'une petite voie secondaire, à quelque cinq cents mètres du croisement. Tous deux avaient des vitres teintées permettant aux passagers de voir à l'extérieur, sans être vus. Sur leurs carrosseries divers slogans vantaient les beautés des circuits touristiques locaux. Leurs occupants n'étaient pourtant pas des touristes et aucun d'entre eux ne s'intéressait particulièrement au paysage.

L'un des cars était doté d'un équipement électronique très complet. Le chauffeur était un officier fédéral. Outre Harold Brognola et Rose d'Avril, le véhicule transportait une équipe de techniciens dont les compétences et les qualifications étaient similaires à celles de Rose.

Le second car contenait une armée entière d'officiers et de policiers fédéraux : des professionnels, solidement armés, sachant parfaitement la signification du mot « patience » et tout à fait satisfaits d'attendre.

Brognola avait dûment résumé à sa jeune compagne, la conversation-radio qu'il avait eue avec Bolan. Il lui avait parlé du chaînon central, et avait également mentionné l'anagramme, ou peut-être le cryptogramme, peu importait. Brognola en réalité n'était pas à la fête. Il aurait aimé brouiller ou couper tous les systèmes susceptibles d'émettre, comme cela le lui avait été demandé. Mais les techniciens avaient tenu à maintenir leurs appareils de détection d'ondes électromagnétiques. Toutefois, ils n'étaient pas certains d'être stationnés en dehors de la zone de brouillard qui avait tant surpris Bolan.

– Je reste persuadée, expliqua Rose d'Avril à Brognola, que Terreur a détecté un train d'ondes beaucoup plus fortes parce qu'il a réussi à s'approcher de la source. Il a certainement pensé à un détecteur d'approche. Or ces appareillages ont toujours des paramètres très précisément définis.

Un autre technicien intervint alors :

– Moi, je parierais pour un émetteur micro-ondes de fréquence rapide. Mais on trouve également la trace d'autre chose. Il faudrait faire une analyse très détaillée avant de pouvoir émettre une fréquence capable d'annihiler celle-ci.

Tous les ingénieurs étaient d'accord sur ce point. L'un d'eux avança l'hypothèse qu'il s'agissait probablement d'un « train d'ondes sensibles au déplacement, et entrant dans le spectre des micro-ondes ». Mais à nouveau, « couplé » avec quelque chose d'autre.

– Croyez-vous que ces ondes soient capables de détecter les mouvements d'un seul individu? s'enquit Brognola.

– Bien sûr, répondit un des ingénieurs. Les systèmes de ce genre sont assez sensibles pour détecter le passage d'un oiseau. Cependant dans un environnement comme celui-ci, en pleine nature, ce type d'information serait sans signification. Leur appareil est certainement programmé pour détecter des objets d'une masse suffisamment conséquente : une voiture, par exemple, ou même un avion.

Rose d'Avril observa fort judicieusement :

– Sans oublier bien sûr toute émission provenant d'appareils électroniques.

– Cela expliquerait peut-être cet « autre chose » non identifié, fit remarquer l'un des techniciens. Si ça se trouve, c'est un détecteur de champs magnétiques.

– Ce qui impliquerait qu'il ait un rayon d'action drôlement délimité, fit le premier technicien.

– Mais également parfaitement efficace.

Oui, et c'est bien cette efficacité qui chagrinait Hal Brognola.

Il demanda à Rose de lui fournir la signification du cryptogramme « CASE ». La banque d'informations de l'ordinateur cracha immédiatement le renseignement :

CASE = Centre de Calcul Astral des Synchronismes Electromagnétiques – San Fernando CA 91302.

– Nom de Dieu, qu'est-ce que cela signifie? grogna Brognola, visiblement écœuré.

Mais l'ordinateur avait déjà fourni la réponse :

RECHERCHE SUR L'ENERGIE SPATIALE

ETUDE DES PHENOMENES ELECTROMAGNETIQUES STELLAIRES

ET DE LEURS RELATIONS AVEC LES EVENEMENTS TERRESTRES.

– Vous ne pourriez pas m'expliquer en deux mots ce que cela veut dire? grommela Brognola.

– En fait, cela recouvre pas mal de choses, commença Rose d'Avril. Les phénomènes électromagnétiques stellaires ne sont que les concomitants de processus se produisant dans les étoiles ou les constellations. Un peu comme les taches solaires, si vous voulez. N'importe quel ingénieur-radio vous parlera de ces taches et leurs effets terrestres. Pour eux, c'est un casse-tête abominable. Ces taches peuvent empêcher la propagation des ondes sur des secteurs parfois très étendus.

– Donc, ce centre de recherche pourrait être parfaitement légitime, n'est-ce pas? s'enquit Brognola.

– Bien sûr. C'est une discipline tout ce qu'il y a de plus reconnue, avec un champ d'investigation assez vaste.

– Et qui pourrait recouvrir pas mal de péchés, je pense, murmura Brognola.

– Evidemment, à condition qu'il s'agisse de péchés électroniques, plaisanta Rose. Effectivement, ce serait une couverture excellente.

– Vérifiez le truc de fond en comble! ordonna Hal à la jeune femme. Et ajoutez les éléments les plus importants à la recherche que vous faites pour Terreur.

Cela prenait vraiment des allures folles. Trop folles, même. Bon Dieu, que se tramait-il là-bas? Et qui pouvait financer pareille opération? Qui pouvait la commanditer? Et par quel canal pouvait-on sortir des profits?

Brognola passa à son bureau et saisit son téléphone. Le chef de la police fédérale était vraiment très inquiet, maintenant. Et pas seulement pour le sort de Mack Bolan. D'autres choses sans doute plus graves encore...

Il voulait l'avis du conseiller de la sûreté nationale. Et puis aussi, sans doute serait-il prudent de prévenir la CIA.

– Ici Justice numéro deux, dit-il dans le téléphone. Je vais vous donner un indicatif codé, et je voudrais que vous me branchiez sur un brouilleur d'ondes. Vous m'avez compris?

– Oui, monsieur, lui répondit-on vivement. Un instant. Il faut que je fasse déchiffrer le code.

Brognola ne put s'empêcher de maudire l'homme, à l'autre bout du fil. Il songeait à Bolan, tout seul, là-bas quelque part, avançant les mains nues à l'attaque de Dieu sait quoi!

CASE?

Sans doute bien davantage qu'un anagramme. Un mot sans signification qui pourrait peut-être un jour servir d'épitaphe.

La conversation téléphonique dura un peu plus de dix minutes. Quand il raccrocha, Brognola ne se sentait pas mieux. Mais au moins il avait alerté le département de la Sûreté, sur les possibles retombées de l'affaire. La grosse machine de Washington s'était mise en mouvement, mais cela ne résolvait pas le problème sur le plan local!

Pour couronner le tout, Rose d'Avril avait disparu. Le chef de l'équipe des techniciens expliqua à Brognola que la jeune femme avait reçu une bande-programme. Elle avait alors glissé un revolver dans la poche de son jeans, et était sortie sans explication.

La bande-programme avait également disparu.

Dehors, la jeune élève de Hal Brognola était introuvable. Bon Dieu! Et si elle était allée apporter sa bande-programme à...

– C'est la meilleure de toutes! s'exclama Brognola à haute et intelligible voix. Maintenant, il va nous falloir une double épitaphe.

CHAPITRE XVII

La mission de reconnaissance s'avérait plus délicate que prévue. A plusieurs centaines de mètres du sommet de la montagne, le terrain brusquement devenait pelé, râpé, sans végétation, n'offrant aucune possibilité de se mettre à couvert. Et en fait de camouflage, Bolan ne pouvait plus compter que sur les conditions atmosphériques. Du reste, il ne discernait toujours pas clairement le sommet de la montagne. A travers la brume, il distinguait vaguement des contours évoquant un vaste campus, avec vraisemblablement plusieurs bâtiments et de nombreuses installations d'antennes. Le tout était encore trop confus pour lui permettre d'envisager une stratégie bien définie. Autre impression à vérifier : le sommet de la montagne paraissait le point le plus élevé sur des kilomètres à la ronde. Par beau temps, on devait jouir, là-haut d'une vue extrêmement étendue, englobant sans doute, toute la cuvette de Los Angeles.

Apparemment, la sécurité du campus était

assurée uniquement par des moyens électroniques. Depuis qu'il avait passé la clôture. Bolan n'avait pas rencontré âme qui vive. C'était à se demander si les bâtiments étaient occupés. Il savait pourtant qu'ils l'étaient, tout comme il suspectait aussi qu'il existait une deuxième ligne de sécurité, encerclant probablement le sommet de la montagne. Le problème immédiat était donc de traverser la zone à découvert, et gagner le campus sans se faire repérer. Si seulement il connaissait le type de détecteurs utilisés...

En pensant aux autres « bases » de la Société de Surveillance et de Protection, Bolan songeait à la passion immodérée de ces gens-là pour les caméras de télévision. Ces systèmes-vidéo pouvaient s'avérer drôlement efficaces quand il s'agissait de couvrir un champ restreint, comme par exemple d'une entrée, un hall de réception ou même une salle d'attente; mais ils devenaient moins fiables quand on les utilisait comme scanners de terrains découverts, exposés comme ils l'étaient aux mauvaises conditions atmosphériques. Alors ici...

Dans cette pluie épaissie de brouillard, la visibilité pouvait varier avec une rapidité déconcertante, passant de cent cinquante mètres ou presque, dans une trouée de brume, à pratiquement zéro, quand le brouillard devenait plus opaque. L'atmosphère également était tellement gorgée d'humidité que l'œil le mieux exercé n'arrivait à accommoder que des visions très voilées, que l'on pouvait interpréter de façon préconçue, et sans rapport aucun avec la réalité. Donc, ça représentait un handicap certain pour les vidéo-scanners.

Bolan savait que c'était là sa seule chance. Et son instinct lui disait de tenter le coup. Dans les pires des cas, il pouvait arriver une bataille à découvert ici, à mi-pente, or le cas échéant, les conditions n'étaient pas mauvaises pour Bolan. Seulement, il savait qu'en cas d'escarmouche, il n'obtiendrait qu'une victoire à la Pyrrhus, puisqu'il perdrait ainsi toute chance de poursuivre la route qu'il s'était fixée.

Enfin, restait l'éventualité que tout « le truc » soit une installation bidon, destinée à l'attirer dans un guet-apens d'où il ne pourrait s'échapper. Rickert pouvait se montrer un adversaire sacrément vicieux. Après tout, il blousait peut-être Bolan depuis le début...

Mais cette théorie n'était guère logique compte tenu de la tournure des événements qui avaient conduit l'Exécuteur jusqu'ici. Aussi était-il préférable de ne plus y songer et se concentrer plutôt sur la façon d'aborder cette manche comme elle se présentait.

L'instinct poussait le guerrier à avancer, tandis qu'une étrange mélancolie s'emparait de son esprit. Peut-être le mauvais temps... ou la situation... ou les deux à la fois. La fatigue aussi, avec le sentiment de plus en plus clair que les chances de voir naître l'aube d'un jour nouveau se faisaient de plus en plus rares. Sans doute aussi cette accumulation invraisemblable de missions « impossibles » commençait-elle à peser lourd sur ses épaules...

Quelle qu'en soit la raison, Mack Bolan se sentait brusquement très seul, fatigué, vulnérable. Si par miracle à cet instant précis Hal Brognola surgissait de nulle part, lui proposant de tout abandonner, pour filer à Washington... eh bien... oui, peut-être il se résoudrait à accepter.

Mais Brognola avait quelques « longueurs d'avance »... et Washington était loin, très loin, par delà la vie et la mort... La solitude de Mack Bolan n'avait strictement pas changé depuis ce jour maudit à Pittsfield où, s'emparant d'un Marlin 444, il avait déclaré sa guerre personnelle à la Mafia.[1]

C'est encore la Mafia qui grouille ici, mon gars.

Oui, tu peux l'inscrire sur tes tablettes : là-haut au sommet de la montagne, la vermine séparée de toi par quelques centaines de mètres de pluie ruisselante mêlée de brouillard poisseux.

Et elle continue de bouffer tout ce que tu aimes et vénères, Soldat.

Vrai. Elle n'avait jamais cessé. Mais seulement une bouchée après l'autre.

Qui va l'arrêter, mon gars?

Bolan soupira et, se remettant sur ses pieds, descendit la pente. Il lui fallut dix minutes pour regagner les buissons où il avait camouflé

1. Voir l'Exécuteur nº 1 : *Guerre à la Mafia.*

son équipement et vingt minutes pour remonter avec son chargement complet jusqu'à la lisière de la zone dégagée. Il se mit à défaire son barda, sortant méthodiquement tout ce qu'il contenait, pour le réempaqueter selon un ordre bien précis, ne gardant que le strict nécessaire.

Il avala rapidement une portion de fromage, une barre de chocolat et but la moitié d'une canette d'eau. Il avait réussi à se soulager de dix kilos de chargement, et pourrait ainsi avancer plus vite : le poids ici était véritablement une question de vie ou de mort.

Il réaccrocha le barda autour de sa poitrine, se dressa et observa longuement le sinistre sommet environné de brouillard, comme un fantôme maudit. Brusquement cette vision évoqua pour lui un tableau qu'il avait vu, un jour, où l'imagination de l'artiste lui avait fait représenter une sorte d'étape entre la vie humaine et la vie après la mort.

Bolan n'avait aucune conviction profonde qu'il existait une vie après la mort. Le ciel et l'enfer pouvaient aussi bien être un seul et même état, ou peut-être simplement deux niveaux de conscience différents. Alors pourquoi n'en serait-il pas de même pour la vie et la mort ?

Et puis merde, à la fin !

La mission présente n'était pas responsable de cette étrange mélancolie... ni le temps, d'ailleurs, ni même la fatigue... ni encore Charlie Rickert.

Tout venait de Rose d'Avril.

Il voulait continuer de vivre... pour elle... avec elle.

Et peut-être le pourrait-il... mais là encore, rien n'était moins sûr.

Les prochaines minutes, en tout cas, seraient déterminantes.

CHAPITRE XVIII

Rose avait rejoint d'une traite l'emplacement où l'on avait repéré la caravane de Bolan pour la dernière fois. Des visions cauchemardesques de cadavre mutilé, déchiqueté, défilaient à toute allure dans son esprit, la poussant à courir à perdre haleine. Elle ne s'arrêta que lorsqu'elle aperçut, au détour d'un virage, les contours estompés de la maison de gardiens, dressant son antenne sinistre dans le brouillard cotonneux. Instinctivement, elle se coucha par terre pour ramper à l'écart de la route, et se mettre à couvert sous des buissons. Le souffle court, tremblant de tous ses membres, elle essaya de rassembler ses idées pour raisonner logiquement. Ses jambes étaient comme de la gelée, incapables de la soutenir. Son cœur battait la chamade, tandis que, à quatre pattes, elle essayait de gagner un meilleur abri. Son estomac la brûlait, elle avait l'impression qu'on lui rentrait mille couteaux dans le ventre. D'un instant à l'autre, elle risquait de vomir. Elle était même persuadée que les hommes gardant le portail d'entrée entendaient les battements désordonnés de son cœur :

C'est pour toi qu'il bat, Terreur Bien aimée.
Mon Dieu, faites qu'il vive!
Du nerf, ma fille! Du nerf!
Efforce-toi de penser comme lui.

Et, petit à petit, elle réussit à se glisser dans *son* personnage, penser selon la même ligne que lui. Ainsi, elle gagna l'emplacement où la caravane attendait, sagement à couvert dans la forêt. Elle n'eut aucun mal à trouver les fermetures de sécurité soigneusement camouflées et pénétra dans le véhicule. Immédiatement, elle se sentit gagnée par un froid mortel, tandis qu'elle essayait vainement de capter les vibrations de l'homme dont elle était éperdument éprise.

Non, il n'y avait plus là aucune vibration. Et peut-être que l'homme avait déjà cessé de vivre, à cet instant précis...

Rose s'effondra dans un siège, dans la salle de guerre et posa la bande-programme sur la table topographique. Elle laissa errer son regard alentour, comme si elle s'attendait à le voir resurgir derrière quelque panneau dissimulé dans une des cloisons, s'il la savait de retour ici, sans doute serait-il furieux. Mais elle lui rappellerait qu'il l'avait autorisée à rentrer sitôt sa mission terminée et il lui pardonnerait également avec un de ses sourires très doux. Elle aussi lui pardonnerait, et ensemble ils oublieraient cette saloperie de guerre, pour s'allonger et faire l'amour comme des fous... et puis...

Où était-il, bon Dieu?

Allons, du calme, ma fille. Il est parti en reconnaissance. Il repère le camp ennemi. Comme un chat. Pourtant il ne se serait pas aventuré derrière les lignes ennemies sans...

– Mais si, c'est possible, puisqu'il ne connaissait pas le contenu de la *bande-programme*! fit-elle tout haut.

Rose se rua sur la console, en quête d'un éventuel message qu'il aurait laissé à son intention. Rien. Ne sachant plus à quel saint se vouer, elle passa dans le carré, espérant y trouver le réconfort de *son* atmosphère, *son* odeur...

Décidément, c'était un être dramatiquement méticuleux. Dans le carré, une place pour chaque chose, et chaque chose à sa place. Précision – Méthode... le tout impeccable, parfaitement ordonné.

Malgré elle, Rose eut un faible sourire : c'était bien là l'esprit militaire! Mais pourquoi y songeait-elle toujours avec un brin d'ironie? Qu'est-ce qui clochait avec l'esprit militaire? Pourquoi toujours s'en moquer? Condition physique, discipline, devoir, honneur. Pourquoi ces concepts paraissaient-ils aussi désuets? Parce que le monde était gagné par un laxisme insidieux, ou parce que... « honneur », « devoir » et « discipline » avaient souvent servi à justifier des opérations militaires criminelles?

Au-dessus de la banquette, une étagère de livres bien rangés attira son regard. Elle n'avait pas encore eu l'occasion de les observer. Certains titres étaient assez surprenants. Elle sortit un vieux volume usé et abusé, dont les pages étaient toutes cornées : *Don Quichotte,* le célèbre roman de Miguel de Cervantes.

Qui cherchait des vibrations tout à l'heure? Rose maintenant, pouvait presque sentir les doigts qui avaient tourné et retourné ces pages inlassablement. Et pourtant, à première vue, ce n'était pas un livre facile, mais plutôt le genre d'ouvrage à figurer sur une liste de lectures obligatoires, pour un certificat de littérature.

Sur la page de garde, une main féminine avait écrit, avec une encre aujourd'hui délavée :

Mack chéri, désolée d'avoir mis tant de temps. J'ai dû chercher ce livre dans toutes les librairies de la ville. Et puis aussi, j'ai commencé à le lire, et là, j'ai été piégée. Je l'ai terminé d'une traite. Quel dommage que tu n'aies pas ce type avec toi au Viêtnam.

Tendrement, ta Cindy.

Qui était cette tendre Cindy? Sans doute la fille qu'il avait laissée en partant à la guerre. Où était-elle passée maintenant?

Suffit! Arrête de te comporter comme une gamine hystérique, Rose! Intéresse-toi à quelque chose de tangible!

Un signet marquait le début d'un long discours du généreux hidalgo, et plusieurs phrases étaient soulignées au crayon. Rose le lut tout entier, puis revint à un passage précis pour le lire une seconde fois : Don Quichotte parlait en ces termes :

« Abandonnons à leur sort ceux qui affirment que le savoir est plus important que les armes. Je leur démontrerai en effet qu'ils ignorent de quoi ils parlent. Car pour affirmer de telles choses, ils restent persuadés que les labeurs de l'esprit sont supérieurs à ceux du corps. Comme si toute action physique ne requérait à aucun moment l'intervention de l'esprit. L'usage des armes n'est pas exclusivement un exercice physique : il exige non seulement un grand courage moral, mais aussi beaucoup d'intelligence et de compréhension. Et l'esprit du combattant travaille tout autant que son corps, puisque c'est lui qui parvient à sonder l'ennemi, pour démasquer ses desseins, déjouer ses stratagèmes, et prévenir les dangers les plus imminents. Ce sont bien là des opérations de l'esprit où le corps n'entre pas en jeu. »

Vibrations, oui! Le livre trépidait presque dans les mains de Rose. Elle leva les yeux un instant, s'attendant à voir Bolan à côté d'elle, souriant de la trouver ainsi absorbée. Dieu comme il était doux de découvrir exprimées dans un livre, le contenu exact de ses pensées!

Elle reprit sa lecture, et tomba sur un autre long passage passionnant, où l'auteur établissait un parallèle entre l'homme de savoir et le guerrier. « Le soldat souffre autant que le chercheur, mais en outre il risque sa vie »...

Depuis combien de temps lisait-elle? Brusquement, elle frissonna. Son homme de savoir, son guerrier bien-aimé, risquait-il sa vie, ou bien l'avait-il déjà perdue?

Elle se leva d'un bond, et passa dans la salle d'armes. Là encore, chaque chose à sa place...

Pourtant non! Tout n'était pas en place. Au contraire, beaucoup d'armes et d'accessoires avaient disparu...

Ainsi donc il n'était pas parti pour une simple reconnaissance! Rose sentit son cœur bondir dans sa poitrine. Comment *espérait-il*...

La tourelle du lance-rockets était armée : quatre méchants petits oiseaux de feu étaient gentiment rangés dans leur nid tout frais. Il manquait un lance-grenades, une mitraillette et aussi le barda d'ordonnance.

Oui, il avait choisi l'équipement lourd.

En constatant la disparition de deux minuscules trans-récepteurs, Rose eut un faible sourire. Alors, passant vivement à la console de commande, elle brancha le récepteur UHF, puis, s'installant à côté, elle s'efforça de réfléchir à Don Quichotte, histoire de ne pas se laisser gagner par des pensées stériles et désespérantes.

Oui, le monde aujourd'hui était atteint de laxisme, et la rigueur, sinon la logique semblait en voie de disparition. Du temps où Rose était étudiante, on parlait volontiers de l'égalité de tous les hommes, de la grande famille du monde, de la paix, l'amour, la fraternité universelle, etc. Mais en même temps on acceptait sans ciller que tous les flics soient des porcs et tous les trouffions volontaires, des dindons à tête de bois. Alors qu'advenait-il dans tout ça, des « cœurs indomptés, voguant au loin sur les ailes de l'honneur? »

Quel mélange, quelle confusion, mais aussi quelle hypocrisie! Il fallait bien que cela déraille quelque part. A chacun sa musique, à chacun sa cadence... et pourtant aujourd'hui tout le monde marchait sur la même musique, sans chercher à se préoccuper de trouver sa propre cadence.

Harold Brognola n'était pas un porc.

Mack Bolan n'avait rien d'un dindon à tête de bois.

Et ces deux êtres-là avaient trouvé leur cadence. Où? Rose d'Avril croyait l'avoir compris, maintenant. Tout comme elle avait compris que jamais elle ne retrouverait l'atmosphère de sa présence... Le réconfort n'existait pas pour les femmes amoureuses de guerriers.

Et depuis toujours les femmes de guerriers attendaient patiemment le retour de leurs époux...

Mais Rose d'Avril disait non! Non, jamais plus!

Elle avait déjà trop attendu.

CHAPITRE XIX

Son instinct ne l'avait pas trompé : une batterie de caméras de télévision, disposées en arc de cercle, entourait le sommet chauve de la montagne. Les appareils étaient nichés au ras du sol, dans des petites armatures en béton. Pratiquement impossibles à repérer. Ils étaient montés sur de minuscules gyroscopes leur permettant de couvrir un champ de 360° sur une distance de cent cinquante mètres. En temps normal, toute la zone nue était ainsi contrôlée, jusqu'au campus proprement dit. Aujourd'hui, les caméras avaient les mêmes problèmes de visibilité que n'importe quel œil humain.

Bolan n'était pas absolument pas certain d'être passé inaperçu. Peut-être une armée de gars bardés d'acier l'attendait-elle gaiement au sommet de la montagne. Comme il n'avait aucun moyen de s'en assurer, autant continuer de jouer sa manche. La meilleure façon de tromper la surveillance des caméras était d'attendre le moment favorable, pour foncer, exactement dans l'axe d'un des yeux électroniques.

Il avait une chance de profiter de son mouvement giratoire, tout en évitant le champ des autres caméras.

Bolan ne discernait pas clairement les différents faisceaux. Sans doute ceux-ci auraient-ils la même difficulté à le repérer. Merci pour le temps de chien!

Le moment favorable semblait se présenter sous forme d'un nuage tout effiloché, accroché à même le flanc de la montagne. Bolan attendit de le voir effleurer le cache en béton d'une des caméras. Calculant son élan, il plongea droit devant, fonçant comme un damné.

Cent cinquante mètres, tu parles! Au moins deux cents, avec une pente de 30° minimum. Et un terrain pourri, mou, boueux, irrégulier, collant aux bottes! Un vrai film d'épouvante. Bolan filait, tête baissée, sans souffler.

Il dépassa la limite même du champ et s'effondra à quelques mètres au-delà, en un ultime bond. Il était épuisé, mais il avait échappé à l'œil de la caméra. Déjà le gentil nuage passait son chemin, dégageant le faisceau implacable. Devant, à moins de cent mètres, s'étalait le campus. Et pas une présence, pas de types bardés d'acier prêts à accueillir l'intrus. De temps en temps, au gré du brouillard, l'installation apparaissait clairement.

Une vraie base lunaire.

Eparpillés, des bâtiments en forme de dômes, surmontés d'antennes gigantesques, de formes bizarroïdes; deux immenses tours de plusieurs centaines de mètres de haut, pourvues d'antennes, elles aussi, et ponctuées de petites lumières rouges – signalisation indispensable pour les avions. Venait ensuite un long bâtiment très bas : sans doute un entrepôt, puis toute une rangée de grosses caravanes alignées tout à fait au bout du campus. Ces dernières servaient sûrement d'habitat au personnel, gardes, ingénieurs et techniciens. Bolan repéra aussi les deux camions qu'il avait filés, garés non loin des caravanes, au milieu de plusieurs autres véhicules. Et toujours pas l'ombre d'une présence humaine et aucun signe d'activité. Apparemment son intrusion n'avait inquiété personne, et nul ici ne se sentait d'humeur à s'aventurer dehors par un temps pareil. Compréhensible, d'ailleurs : le système de sécurité automatique était quasi imparable, et dans l'humidité glacée, Bolan était transpercé jusqu'aux os.

Il se remit sur ses pieds et grimpa jusqu'en haut de la pente. Il se sentait presque décontracté, maintenant qu'il se trouvait dans l'enceinte protégée. Du reste, il ne rencontra personne tandis qu'il avançait au milieu des bâtiments, pour gagner les deux tours. Arrivé là, il déposa son barda, et en sortit une caisse d'explosifs. Manipulant le contenu avec prudence, il plaça plusieurs petites charges d'une puissance savamment étudiée, en différents points critiques à la base des tours. L'opération lui prit exactement sept minutes. Ensuite il se dirigea vers les caravanes, en inspecta discrètement l'intérieur par les hublots, prenant soin de glisser, çà et là, sous les supports des roues, de minuscules bombes incendiaires à retardement.

Il était presque arrivé à la dernière, quand brusquement, il se trouva nez à nez avec un type portant un pack de six canettes de bière. L'homme avait passé un imperméable transparent sur ses vêtements civils. Il avait une gueule de *mafioso* soignée, que Bolan pourtant n'avait jamais vue.

Ses yeux éberlués se posèrent un instant sur l'intrus, tandis que le paquet de bière volait en l'air, et que les mains paniquées giclaient sous l'imperméable.

Vif comme l'éclair, Bolan lui assena une redoutable manchette sous la glotte, assortie d'un solide coup de genou dans le bas-ventre. Sans un cri, l'homme s'effondra en avant. Bolan le tira sous une caravane, avant de reprendre sa promenade à peine interrompue.

Plus que cinq minutes pour le compte à rebours.

Dans le premier dôme qu'il examina, personne. C'était une structure d'environ soixante mètres de diamètre, dont l'intérieur ne formait qu'une grande salle bourrée de matériel électronique. Le tout cliquetant, ronflant, bourdonnant, sous l'orchestration paisible d'un ordinateur central. Pour qui, pour quoi, dans quel but? Autant de questions sans réponses pour un non-spécialiste comme Bolan. Il se contenta de placer une bombe incendiaire près d'un pilier de soutènement, avec un cordon bickford prévu pour un retard de quatre minutes.

Les autres dômes étaient tous identiques, sauf un. Apparemment, il s'agissait d'un ensemble d'installations entièrement robotisées, chargées de recueillir des informations pour les transmettre ensuite au centre de traitement, un dernier dôme, gigantesque celui-là, de près de deux cents mètres de diamètre, situé en plein milieu des autres. Bolan se préparait à l'inspecter quand un ululement strident déchira brutalement l'atmosphère humide et glacée. Des sirènes d'alarme venant d'un peu partout. En un geste réflexe, il mit un genou à terre, et pointa devant lui l'Automag prêt à cracher, tout en scrutant l'air poisseux et trouble, pour tenter de déterminer de quel côté viendrait l'attaque.

Apparemment, ça gigotait dur, autour du grand dôme central. Mais le mouvement ne s'amorçait pas dans la direction de Bolan. Un peloton de gardes en uniforme venait de surgir et se ruait vers l'extrémité de l'enceinte, du côté où Bolan avait réussi sa pénétration.

Les sirènes faisaient un raffut du diable, poussant leurs cris stridents aux quatre coins du campus. Les portes des caravanes commençaient à s'ouvrir et le faisceau blafard d'un gyrophare à iode, monté sur la tour la plus élevée, commença de balayer lentement le terrain.

Sur le coup, Bolan était abasourdi : qui avait bien pu donner l'alarme, au moment où lui-même était parfaitement à l'abri, à l'intérieur de la zone protégée. Il n'eut pas à se poser longtemps la question. Déjà, le minuscule trans-récepteur, dans sa poche, émettait son bip-bip : peut-être une manœuvre prématurée de l'équipe de Brognola? Enfonçant vivement l'écouteur au creux de son oreille, il grommela à mi-voix :

– J'écoute.

C'était Rose!

– Oh, merci mon Dieu! Vous êtes vivant! Quelle est votre position?

Il sentit son cœur se glacer.

– Ma position, nom de Dieu! souffla-t-il contre son épaule où était niché l'appareil. Donnez-moi plutôt *la vôtre*!

– Sous la tour sud, répliqua-t-elle, hors d'haleine. Je crois que j'ai déclenché l'alarme.

Sans doute avait-elle manqué de patience avec les caméras, ou peut-être tout simplement avait-elle joué de malchance...

Très calmement, il lui ordonna :

– Plaquez-vous au sol. Un peloton de choc est parti à votre recherche. S'il vous pince, n'essayez pas de résister. Levez les mains, et rendez-vous. *Roger?*

– *Roger,* répondit la voix à peine audible.

Brusquement une pensée le frappa comme un coup de poing. Il jeta un rapide coup d'œil à son chronomètre, puis pencha la tête à nouveau sur son épaule pour souffler dans l'appareil :

– Non, annulez. La tour sud va sauter dans deux minutes. Tirez-vous. Cap sur l'ouest. *Roger?*

– *Roger.* Je marche droit vers l'ouest.

Soulevant l'Automag, Bolan largua une première rafale vers l'est, histoire de détourner l'attention du peloton de recherche. Immédiatement après, une seconde rafale, à quinze degrés sur la gauche.

Les deux explosions presque simultanées illuminèrent brutalement l'atmosphère poisseuse, par là-bas, provoquant des réactions immédiates.

Un ordre fusa :

– Lisière-est. Couvrez la zone! Déployez-vous au maximum. Suivez la ligne de protection.

Pour éviter un mouvement de troupes trop précipité, Bolan balança une giclée de grenaille en direction des caravanes, après quoi il se mit à la recherche de Rose d'Avril.

Il la retrouva à la lueur de flammes s'échappant d'un des véhicules incendiés. Il la prit doucement par la main, l'entraîna vers un endroit moins exposé. Elle était affreusement mal à l'aise et paraissait absolument terrifiée. Pourtant les premiers mots qu'elle prononça étaient destinés à amadouer la sanglante rebuffade à laquelle elle s'attendait...

– Je suis une imbécile, murmura-t-elle doucement.

Mais en guise de rebuffade, elle s'entendit répondre d'une voix très tendre :

– Cela nous arrive à tous, à un moment ou à un autre.

Brusquement, ils étaient isolés, en dehors du temps et de l'espace. Les sirènes continuaient de pousser leur ululement aigu. Le martellement de pas précipités résonnait dans tous les azimuts, tandis que des voix sauvages vociféraient des ordres et des mises en gardes.

Mais cet instant unique appartenait à Mack Bolan et à la jeune femme. Il comprenait son angoisse, et jamais ne s'était senti aussi proche d'un être humain.

– Oh, je suis désolée, balbutia-t-elle.

– Moi aussi, fit-il, la voix tremblante d'émotion. J'aurais dû vous emmener à Rio.

Elle répondit en riant :

– J'opterais plus volontiers pour Disneyland.

– Et moi, voyez-vous, plaisanta-t-il, au point où nous en sommes, j'aimerais un petit nid bien douillet, bien chaud, et bien sec.

Un moment volé au temps et à l'espace, peut-être, mais pas une éternité. Il l'embrassa doucement sur les lèvres et caressa gentiment son joli postérieur. Il lui dit :

– Vous avez choisi un drôle de moment pour me sonner, chère Madame. J'ai un boulot monstre.

– Il me semble, en effet, soupira-t-elle. C'est bien ce que l'on appelle « l'effet Bolan », n'est-ce pas?

Le moment volé venait de s'éteindre.

– Pourquoi tout ça, Rose? demanda Bolan, retrouvant brusquement toute sa gravité.

– Il le fallait. J'avais cette bande-programme que vous m'aviez demandée. Et je pensais que vous deviez en connaître le contenu. C'est un vrai baril de poudre, par ici! La grande source maîtresse, si vous me suivez. J'ai eu peur, et... j'ai pensé que vous ne saviez sans doute pas où vous mettiez les pieds.

Il se laissa tomber à genoux, et l'attira contre lui.

Plus qu'une minute pour le compte à rebours.

– Effectivement, je l'ignorais, admit-il.

– Votre gros bonnet, c'est William Mc Cullough. Tout lui appartient, tout au moins il a la mainmise partout.

– Ça cadre à peu près, soupira Bolan. Les fourmis rouges ont découvert un nouveau panier de pique-nique. Pourquoi pas se mettre à bouffer?

– Savez-vous à quoi servent ces installations? demanda Rose.

– J'en ai une vague idée, répondit-il. Ça ressemble à une base lunaire, n'est-ce pas?

– Oui, et ce n'est pas par hasard. CASE figure sur les registres officiels, comme un centre d'études et de recherches cosmiques. Mais croyez-moi, leurs études ont une fonction drôlement terre à terre. Vous avez lu *1984*?

– Le roman de George Orwell? Oui.

– Eh bien, c'est exactement le même scénario, mais il s'agit ici, d'une entreprise privée. J'ai une liste de deux pages entières d'organismes tout ce qu'il y a de plus honorables qui sont à la fois clients et « sponsors » de cette fondation un peu particulière. Ils achètent des « yeux » et des « oreilles ». Aussi simple que cela. Croyez-moi, le prix demandé est considérable et le bénéfice doit être assez fabuleux.

Oui, tout était clair, maintenant, ou presque.

Plus que vingt secondes pour le compte à rebours.

– Et ces antennes, elles riment à quoi, d'après vous, Rose?

– C'est un système compliqué d'interception-relais. Avec des ordinateurs suffisamment élaborés, ils peuvent capter tous les secrets du monde. Je veux dire, tout ce qui est transmis par déplacement d'ondes : radio, téléphone, et même les communications via satellite.

– Pas pour bien longtemps, murmura doucement Bolan.

Cinq, quatre...

– Vous comprenez, Mack, Mc Cullough...

... *feu!*

Un grondement sourd : la « base lunaire » sautait.

Les deux grandes tours se soulevèrent brusquement de leur racine, pour s'écraser sur le côté en un démentiel fracas de tôles. En même temps, une série d'explosions en chaîne, du côté des caravanes, déclenchait une aveuglante colonne de feu, grimpant vers le ciel en lézardant les nuages, créant une sorte de tunnel brûlant, dans l'air tout ouaté de brouillard.

L'énorme générateur vacilla avant de se cabrer, puis explosa joyeusement, envoyant aux quatre coins du paysage en folie d'ahurissantes flammèches assorties de débris de métal incandescent. En quelques secondes, la structure tout entière avait complètement disparu.

Les caravanes à leur tour se mirent à trépider, comme agitées de soubresauts endiablés, tandis qu'apparaissaient, dans leurs minces cloisons métalliques, d'énormes fissures béantes d'où jaillissaient de monstrueuses flammes dévorantes. Tout autour, des hommes hurlaient à la mort, fuyant dans toutes les directions.

Le repaire de la Mafia était brutalement transformé en pandémonium.

Rose d'Avril contemplait l'horrible carrousel, les yeux agrandis de stupéfaction. Bolan l'obligea à s'aplatir sur le sol :

– Ne bougez pas! ordonna-t-il.

Puis il s'éloigna à la recherche de son équipe de choc.

C'est autour des caravanes que la plus folle panique semblait régner. Une panique noire. Pourtant, Bolan n'y trouva pas trace de ceux qu'il cherchait.

Près des restes fumants et démantelés de la tour sud, la pagaille était effrayante. Apparemment, le peloton de chasse parti aux trousses de Rose d'Avril avait opéré une manœuvre de regroupement sous la tour, au moment précis où celle-ci s'effondrait. Bolan jeta un rapide coup d'œil au massacre, fila sans s'attarder, toujours à la recherche de son quarteron d'ordures.

Le gros dôme central déversait une foule d'individus en proie à l'épouvante la plus complète : des gardes en uniformes, mêlés à des techniciens en blouses blanches, gesticulant comme un magma informe en proie à une étrange crise d'hystérie. Un peu à l'écart, la fine équipe : cinq hommes en civil, se serrant étroitement les coudes, dont l'un était, on l'imagine, Charlie Rickert en personne. Les quatre autres étaient inconnus de Bolan. Mais peu importe, c'était bien ces cinq-là qu'il était venu chercher.

Une grosse limousine, tous phares allumés traversa le tarmac sur les chapeaux de roues et vint s'arrêter devant le groupe des cinq ordures. Quatre d'entre eux s'engouffrèrent dans le véhicule qui démarra brutalement, les portières à peine rcfermées.

Bolan eut alors l'image fugitive de Rickert planté au bord du tarmac, les mains sur les hanches, un sourire vicieux sur les lèvres, contemplant la voiture qui filait. Mais l'heure de Charlie le Chien n'avait pas encore tout à fait sonné.

Sa grande silhouette noire trempée de pluie, l'Exécuteur, Automag bien en évidence sur la hanche, surgit, barrant la route à la limousine en fuite. L'espace d'un quart de seconde, il apparut clairement dans la lumière blafarde des phares. Vision funeste, sur fond de brouillard scintillant d'humidité. Brusquement le museau monstrueux de l'Automag se fit incandescent, tandis que la machine infernale crachait un jet de feu ininterrompu, perçant, trouant, tordant, lacérant la limousine et son chargement. En quelques secondes, le véhicule n'était plus qu'un amas de tôles déchiquetées, secoué de façon ininterrompue, tandis que l'Automag intarissable le repoussait comme une balle de ping-pong en plein centre du tarmac. Là, sous le coup d'une ultime rafale, la voiture se cabra et le cadavre décapité d'un de ses occupants jaillit par une des portières béantes, effectuant un vol plané prodigieux pour venir retomber en plein milieu du dôme central éventré. A cet instant précis, le réservoir d'essence explosa, dans un magma de chairs et de tôles...

Quand Bolan le rejoignit, Charlie Rickert était affalé sans réaction sur l'asphalte. Un Chief Special .38 pendait lamentablement au bout de sa main droite. Tous les techniciens en blouse blanche avaient disparu comme par magie. Seuls restaient en vue deux gardes en uniformes. Encore se tenaient-ils à distance respectueux du sinistre. En voyant Bolan, ils n'hésitèrent pas un seul instant à lever sagement les mains en l'air.

Bolan se pencha sur Rickert et lui arracha son arme des mains. Il appuya contre sa gorge le museau encore brûlant de l'Automag. L'ex-flic véreux roula de gros yeux ronds exorbités, puis lentement les immobilisa sur la silhouette impressionnante dressée devant lui. Une expression de confusion extrême passa sur son visage, tandis que son cerveau rassemblait le peu d'idées encore claires pour identifier le triple personnage d'Anglia-Casseur-Bolan. Immédiatement, la confusion fit place à la résignation.

– Vous m'avez eu encore une fois, murmura-t-il d'une voix faible.

– Tu t'es fait avoir tout seul, rétorqua Bolan.

Il lança un regard au véhicule qui achevait de brûler et ajouta :

– Eux aussi, tu les as eus jusqu'à la gauche. Tu leur vendais de la sécurité et tu leur as fourgué un cercueil de feu.

– Peuvent bien aller se faire enculer, grommela Rickert.

Pas vraiment courtois, mais Bolan n'en attendait pas plus.

– T'inquiète pas, c'est plus tellement nécessaire, assura-t-il à Rickert.

Pour eux, le problème ne se posait plus.

Restait à trouver le dernier larron, le big boss en personne.

CHAPITRE XX

Quand les officiers fédéraux arrivèrent sur les lieux, tout le sommet de la montagne était embrasé. Une scène sortie tout droit de *Guerre et Paix.* Des hommes hébétés, blessés, hagards, tournaient comme des pantins sous la pluie, ou s'effondraient dans la boue, vidés, vannés, vaincus. D'autres, moins heureux, gisaient à terre, masses informes, inertes dans ce décor chaotique. Çà et là, des tas de ferrailles tordues et calcinées : restes de véhicules incendiés ou ruines de structures éventrées, à demi consumées.

L'enfer. Tout le monde en avait clairement conscience.

– En quittant leur bus, les officiers restèrent figés un instant, devant l'horreur de la tâche qui les attendait. Brognola, suivi d'un mastodonte, sortit à son tour sous la pluie. Il contempla l'apocalypse qui s'offrait à leurs yeux.

– Seigneur Dieu! souffla le chef fédé d'une voix mal assurée.

– Pas bien joli à voir, pas vrai? observa le mastodonte.

– C'est quand même mieux ainsi qu'avant, répliqua le fédé.

– Tu parles si je te crois! Rien que de penser à ce que représentait cette base, j'en ai des frissons. Un truc maudit, oui!

– Te réjouis pas trop vite, quand même, remarqua Brognola. Qui te dit qu'elle n'a pas essaimé...

Son regard effleura la limousine éventrée à demi enfouie sous les ruines fumantes du dôme central. Il reprit :

– En tout cas, s'il reste encore quelque chose de reconnaissable, dans ce tas de ferrailles, je suis sûr que tu y trouveras des frères de sang. Or cela signifie des cellules cancéreuses, mon vieux. Et tu connais la vitesse à laquelle elles se reproduisent, dès qu'elles trouvent un terrain favorable.

– Tu ne parles pas de ma juridiction, j'espère?

– Non, je n'y pensais pas particulièrement.

– On dirait que quelque chose te tracasse, Hal?

– Oh, je suppose que...

Deux officiers étaient sortis du bus à la suite de Brognola et, encore debout sur le marchepied, venaient d'apercevoir une haute silhouette noire trempée de pluie qui s'avançait en souriant. L'homme était harnaché de la tête aux pieds, transportant sur lui un attirail de guerre invraisemblable. Il poussait devant lui une loque humaine piteuse, trébuchante, lamentable, tandis qu'à ses côtés une jeune femme, ruisselante elle aussi, pressait le pas, un regard rayonnant de bonheur accroché sur son ravissant visage.

Double jubilation : l'épitaphe, cette fois encore, serait pour l'adversaire.

– C'est Charlie Rickert, grogna le compagnon de Brognola.

Le chef fédé lança un regard à ses officiers qui s'avancèrent pour s'emparer du prisonnier.

– Manipulez-le avec précautions, déclara le Grand Homme. Nous avons passé un contrat tous les deux.

Les officiers embarquaient Rickert quand le compagnon de Brognola s'exclama :

– Quel genre de contrat?

Bolan examinait le visage du mastodonte avec attention, essayant de le situer. C'est alors que Brognola intervint :

– Allons, Mack, tu ne reconnais pas Tim Braddock?

– Bien sûr, fit Bolan. Capitaine Braddock. Content de vous revoir.

– *Inspecteur*, maintenant, corrigea Brognola en souriant.

– Eh oui, appuya modestement Braddock avec un petit sourire d'excuse, tandis qu'il tendait une main amicale.

Bolan la serra chaleureusement et s'empressa de présenter sa compagne :

– Monsieur Braddock, mon associée, Miss Beauté.

La jeune fille leva sur l'inspecteur des yeux tout scintillants de joie :

– C'est Miss Péché qu'il aimerait m'appeler, mais il n'ose pas, fit-elle en souriant.

– Et si nous nous abritions de la pluie? proposa Brognola.

Bolan jeta un regard incisif sur le car :

– Qui se trouve à l'intérieur?

– Seulement mon chauffeur.

– C'est toujours le même?

– Bien sûr.

Bolan parut réfléchir un instant avant de déclarer :

– Dans ce cas, vous pouvez nous reconduire en bas de la colline.

Tous les quatre grimpèrent à bord du bus. Brognola, après avoir donné des instructions au chauffeur, pria tout le monde de s'installer dans le petit salon aménagé à l'arrière du véhicule.

– Que voulez-vous boire? demanda-t-il.

– Vodka, répondit immédiatement Bolan. Vodka Eristoff, si possible avec de l'orange.

– Moi aussi, fit Rose d'Avril. J'adore ça... Et j'ai froid.

Brognola lui passa gentiment une couverture sur les épaules, non sans remarquer combien elle se serrait contre Bolan. Depuis quelque temps déjà, il se demandait ce qui mijotait entre ces deux-là. Maintenant, la chose était claire. Un peu triste, malgré tout... si l'on comptait leurs chances d'avenir.

Le bus s'ébranlait lentement quand Brognola apporta la vodka.

Braddock laissa à Bolan le temps d'avaler une bonne gorgée du liquide bienfaisant. Après quoi, il posa à nouveau la question qui lui tenait à cœur :

– Quel genre de contrat, monsieur Bolan?

L'Exécuteur eut un faible sourire avant de répondre :

– Je lui ai laissé la vie.

– Et lui, que vous a-t-il donné en échange?

– Une information.

– T'inquiète pas, Tim, il nous racontera tout, intervint vivement Brognola.

– Pas tout de suite, répliqua froidement Bolan. Mon information ne peut pas vous intéresser, tant que je ne l'ai pas vérifiée.

Ben voyons! Brognola savait trop comment Bolan vérifiait ses tuyaux. Preuve incontestable, le spectacle désolant qui s'offrait devant eux. Pourtant, le chef fédé n'avait pas à se plaindre...

– Dites-moi, reprit Bolan en s'adressant à Braddock, savez-vous si l'on exerce une surveillance quelconque sur Bunny Cerrito?

L'inspecteur tiqua imperceptiblement, avant de grommeler :

– Qui?

Il se reprit aussitôt :

– Non, je vous ai bien entendu. La réponse est affirmative. Notre brigade anti-crime est en liaison constante avec Palm Spring à son sujet.

– Qu'est-ce que Cerrito vient faire là-dedans? coupa Brognola. Je n'ai pas entendu parler de lui depuis... euh...

– Depuis la disparition de di George, précisa Bolan.

– Il est à la retraite, reprit Braddock, mais jouit plus ou moins officiellement du statut de conseiller. Pour l'instant nous n'avons rien à lui reprocher... Mais, maintenant que j'y songe, on nous a signalé sa présence à Los Angeles assez souvent, et même récemment!

– Il est en relation avec Mc Cullough? s'enquit Bolan.

Le visage de Braddock parut se décomposer et c'est Brognola qui prit la parole :

– Eh bien, Mack, tu as mis le doigt sur le point sensible. C'est ce qui explique la présence de Braddock à mes côtés...

L'inspecteur poussa alors un profond soupir avant de déclarer :

– Mc Cullough est mort, monsieur Bolan.

– Racontez, fit Bolan.

– On les a retrouvés, lui, sa femme et sa fille, dépecés dans le sous-sol de leur résidence, et flottant dans un bain d'acide.

Bolan eut du mal à réprimer un haut-le-cœur. Il demanda pourtant d'une voix très naturelle :

– Vous les avez découverts quand, exactement?

Le bus approchait du portail de fer. Brognola se dirigea vers le chauffeur pour lui donner d'autres instructions.

– Nous les avons trouvés vers midi, déclara Braddock. Ils étaient morts depuis plusieurs heures, mais grâce à Dieu, la solution d'acide n'était pas très concentrée, si bien que nous avons pu procéder à une autopsie et identifier les restes.

Rose frissonna.

– Et vous êtes certains de les avoir correctement identifiés? insista Bolan.

– Pour la fille, son identification n'a posé pratiquement pas de problème. Elle avait eu un sale accident, il y a quelques années et nous avons pu la reconnaître grâce à des fractures dont elle gardait encore la trace.

– Et les autres?

– Le service pense que les preuves sont suffisantes, soupira Braddock.

– Merde! s'exclama Bolan.

Il regardait Rose d'Avril, mais ses yeux semblaient voir à travers elle, bien au-delà.

Brognola rejoignit le groupe et saisit les deux regards qui se croisaient. Il dit alors à Rose d'Avril :

– Je suppose que vous désirez rester avec ce monsieur?

– Et comment! murmura-t-elle, toute rougissante.

– Enfin, peut-être que..., coupa Bolan.

– Ah non alors! s'exclama la jeune femme, furieuse.

– Allons, que se passe-t-il? demanda Brognola avec un sourire indulgent.

Bolan lui expliqua :

– L'affaire n'est pas close, Hal. J'ai besoin de vérifier quelque chose. Fais-nous une fleur, tu veux? Dégage mon ombre. Je te contacterai dès que possible.

– A ton aise, grommela le fédé. De toute façon, j'ai suffisamment à faire pour m'occuper tout le reste de la journée. En ce mardi déjà bien entamé.

Il jcta un coup d'œil à sa montre :

– Seigneur, cinq heures, déjà!

Le bus venait de s'immobiliser. Bolan et Rose d'Avril s'étaient levés. Braddock leur adressa un regard un peu triste, et déclara au Grand Homme :

– Je ne vous remercierai jamais assez, pour le présent autant que pour le passé.

– Mais si, fit Bolan avec un soupire grinçant. Et puis j'aime bien votre police, Inspecteur. C'est une équipe superbe.

Il se tourna vers Brognola et demanda le plus naturellement du monde :

– Tu as fait filer Jimmy le Graisseur?

– Oui, grommela le fédé, pas dupe. Il a quitté son hôtel à trois heures, à bord d'une voiture de location. On le suit.

– Où est-il allé?

– Il a pris l'autoroute du Pacifique, en direction du nord. Pourquoi?

– Oh, pour rien de précis. Juste une idée qui me trotte dans la cervelle. Tu sais comme je suis. En tout cas, fais établir un rapport sur lui et transmets-le-moi dès que possible. J'ai vaguement envie de lui filer le train.

Rose d'Avril adressa alors un sourire doux et à peine triomphant à Brognola, tandis que Bolan lui prenait la main pour l'aider à sortir du bus.

Ils disparurent presque instantanément dans l'épaisse forêt, couple fragile, vulnérable, étrangement émouvant.

– Sacrée paire! soupira Brognola. Ils sont pas mignons?

Mignons! Dingues, oui! Ou plutôt suicidaires...

CHAPITRE XXI

La scène était proprement nettoyée. L'empire des mégalomanes s'était écroulé, anéanti à jamais, là-haut, sur cette montagne pelée dominant l'agglomération gigantesque de Los Angeles. S'il en restait quelques résidus épars dans l'État de Californie, les polices de ces deux hommes remarquables restés sur les lieux du massacre se chargeraient de les exterminer, assainissant définitivement le front Pacifique. Le dossier de renseignements établi par Rose la Belle, la championne de l'informatique, serait précieux pour traquer et démasquer tout ceux qui, de près ou de loin, avaient participé à cet ambitieux projet de viol caractérisé. La justice ne ferait qu'abattre son châtiment à la mesure des forfaits.

La machination, ne manquait pas d'envergure; sans doute aurait-elle magnifiquement réussi, si quelqu'un, quelque part ne s'était pas cru trop malin en voulant s'approprier la totalité du gâteau.

Un certain William Mc Cullough, pour ne pas le nommer.

Il devait penser que le monde était peuplé en majorité de débiles dont faisaient partie tous ceux qui avaient contribué à établir sa position. Il se méfiait du Milieu qui pourtant lui avait permis de s'enrichir au-delà des limites du raisonnable, et a fortiori de l'honnête, et ne respectait ni les frères de sang qui tout à la fois le servaient et le contrôlaient, ni la loi dont il connaissait pourtant les nuances les plus subtiles, mais qu'il avait gaillardemment bafouée, détournée, violée, tout au long d'une carrière d'affairiste exceptionnellement réussie.

Il ne respectait pas non plus la femme qu'il avait épousée cinq ans plus tôt : une ex-reine de beauté nommée Eva Lynn Whitley, veuve de l'un des pionniers de l'industrie électronique, dont les brevets et les licences étaient commercialisés dans le monde entier. Pas plus qu'il ne respectait la fille d'Eva Lynn, Darlène, cette adolescente un peu tête folle, héritière de la fortune Whitley, qu'il avait cependant adoptée légalement peu après son mariage.

Mc Cullough se méfiait également de ses petits copains de Sacramento et de Washington. Ceux-ci pourtant avaient fait du beau boulot. Puisqu'ils avaient réussi à obtenir une subvention de l'État, et la bénédiction du gouvernement pour ce centre bidon de « recherches d'énergie spatiale ».

Non, Mc Cullough décidément ne se fiait à

personne, et pensait que le monde n'était peuplé que de débiles.

Et il s'était cru le plus malin.

Vraisemblablement, c'est lui qui avait créé de toutes pièces le prétendu « problème » entre sa fille adoptive et le tueur Tanto Fortunelli. A moins qu'il ne s'agisse d'un de ces hasards que l'on appelle parfois le destin. En tout cas, Mc Cullough avait su l'exploiter, jouant toujours son petit malin, en envoyant une gentille invitation aux tueurs de la Côte Est, pour une charmante partie de casse-pipe contre leurs homologues de la Côte Ouest. Mais dans l'Est, les fous n'étaient pas aussi débiles que prévu : ils accusèrent réception du carton, ruminèrent longuement leur réponse, et accouchèrent enfin d'une fin de non-recevoir. Sans doute avaient-ils vaguement la puce à l'oreille, et redoutaient-ils de se laisser embarquer dans un faux problème. Ils avaient eu le nez creux. Mc Cullough n'attendait qu'une chose : les voir foncer dans le panneau, trop heureux de s'en débarrasser une bonne fois pour toutes. Les gars, là-bas, étaient toujours réticents, quand ils voyaient un pigeon bien gras tenter de prendre son envol. Or, Mc Cullough était un pigeon engraissé depuis pas mal de temps et fonctionnait déjà en symbiose parfaite avec tout le milieu du crime organisé.

Non, à l'Est, on n'était pas prêt à le laisser filer avec une jolie petite révérence.

Mais Mc Cullough, lui, n'était pas *débile*. Il

adorait le fric et savait se montrer astucieux, retors et diaboliquement rusé. Il allait donc manigancer une petite guerre en bonne et due forme, foutrait tout le monde dos à dos et quand les crapules se seraient joyeusement entretuées, il resterait seul avec la totalité du gâteau, qu'il n'avait du reste, jamais eu l'intention de partager avec qui que ce soit.

Voilà donc quel était ce fameux « concept californien ».

Très certainement cette opération d'espionnage clandestine ne manquerait pas de s'avérer juteuse... Bien menée, en évitant d'avoir les dents trop longues, trop vite, évidemment. Il suffisait d'un petit nombre d'entreprises dûment contrôlées pour manipuler et orienter les tractations commerciales internationales sur lesquelles reposait la stabilité du monde industriel : la bourse, le cours des monnaies, les marchés de matières premières, et tous les échanges commerciaux entre pays dont les fluctuations pouvaient à tous moments menacer l'équilibre précaire de la civilisation occidentale. En d'autres termes, il s'agissait d'une vaste entreprise de vol, de pillage et de viol à l'échelle mondiale, comme on n'en avait encore jamais conçue à ce jour.

Et les ordures ne s'en seraient certainement pas tenues là!

Sous peu, on les aurait retrouvées sous l'oreiller des grands leaders mondiaux, ou cachés derrière les ministres, les conseillers d'Etat, bref, partout où l'influence est synonyme de profit.

Doucement, Mc Cullough s'était cru le plus malin. L'amour du pognon aidant, il avait sans doute sous-estimé ses comparses.

Il avait demandé un tueur de l'Est. Sans donner de nom.

Et c'est Mack Bolan qui avait débarqué.

– Je comprends mal, coupa Rose d'Avril. Qui cherchait à le doubler? Qui a commandité la descente chez lui?

– Lui-même, déclara Bolan. C'était un coup monté, un scénario bidon. L'équipe de buteurs attendait probablement depuis des semaines un coup de fil pour venir effectuer sa petite performance. Ils n'étaient pas loin, croyez-moi. Il les a sonnés pendant que j'étais chez lui. Et pour me faire patienter, il m'avait envoyé sa charmante et ravissante épouse dans l'espoir de me bercer et de m'endormir. Pauvre fille!

– Cependant, je ne...

– Dans l'esprit de Mc Cullough, je devais crever, là-bas, Rose.

– Je comprends bien. Et pourtant ce n'est pas logique. Quelque chose m'échappe.

– Sa femme était censée mourir. Sa fille aussi. Et toute la maisonnée. On aurait également retrouvé le cadavre d'un tueur de la Côte Est : preuve flagrante de la trahison et de la culpabilité du Milieu, là-bas.

– Oh, je commence à voir!

– Alors je continue. Deuxième acte : entrée en scène de Jimmy le Graisseur. Via les bons offices d'un personnage très respecté. Quelqu'un comme Bunny Cerrito, pourquoi pas? Il doit commencer à être un peu gâteux, mais ce n'était pas gênant, car il devenait plus facile à manœuvrer. Bref, Jimmy se voit chargé d'organiser une expédition punitive sur la Côte Est, histoire de rendre aux gars, la monnaie de leur pièce.

– C'est un peu gros, tout de même, vous ne croyez pas? fit observer Rose d'une voix pincée.

– Oh, gloussa Bolan, c'était encore plus futé que cela. Mc Cullough lui-même était censé disparaître.

– Alors là, Mack vous parlez vraiment par énigmes! Je commence à avoir mal à la tête.

Il posa un doux baiser sur cette tête adorable, histoire d'en conjurer la migraine. Il reprit :

– Heureux ceux qui croient car la vérité leur sera révélée.

– *Don Quichotte?* murmura-t-elle.

– *Le Nouveau Testament,* plutôt, répliqua-t-il avec un regard aigu. Si je comprends bien vous avez consulté ma bibliothèque?

– C'est un tabernacle sacré? s'enquit-elle.

– Pas du tout.

– Alors, exact. J'ai regardé vos livres et je les ai adorés.

– Et moi, je vous adore, murmura-t-il.

– Que dites-vous?

– Faut-il vraiment que je le répète?

– J'aimerais que vous le disiez éternellement, souffla-t-elle.

– OK, Rose-Péché, je vous aime pour l'éternité, mais si vous recommencez un de vos sacrés coups de tête, comme celui d'aujourd'hui, notre éternité va se trouver drôlement raccourcie. Vous me comprenez?

– Oui, monsieur, fit-elle faussement docile.

– J'aurais pu vous tuer, savez-vous? Pourquoi ai-je demandé à Brognola et à ses hommes de me laisser de l'air? Uniquement parce que sur un champ de bataille, on n'a pas le temps de voir sur qui on tire.

– Je sais, fit-elle d'une petite voix. Je suis désolée, Mack. Cela ne se reproduira plus, je vous le promets.

– Je ne vous demande qu'une chose, jolie mademoiselle. Gardez-moi toujours les pieds sur la terre, soupira-t-il.

– Je préfèrerais vous garder allongé près de moi, répliqua-t-elle du tac au tac, puis réalisant soudain le sens de ses paroles, elle se mit à rougir. Enfin vous comprenez ce que je veux dire, ajouta-t-elle, toute gênée.

– J'attends avec impatience une démonstration, gloussa-t-il doucement.

– Quand alors, mon Dieu? Mais quand donc?

– Bientôt, Rose, très bientôt.

Mack Bolan était sincère.

Mais d'abord, il lui restait un dernier compte à régler sur la scène californienne. Un petit compte personnel.

Petit oui, mais sacrément important.

CHAPITRE XXII

Le mauvais temps se levait. La barre de nuages restait suspendue au-dessus de la côte, mais là-bas, sur l'océan, le ciel se dégageait.

Bolan décida d'y voir un heureux présage : il contemplerait le coucher du soleil sur ce Mardi Massacre.

La journée avait été longue, épuisante, quatorze heures d'affilée, à un rythme démentiel. Mais bientôt, le ciel bleu limpide prendrait les tons sourds du crépuscule et Mack Bolan verrait poindre la nuit avec un soulagement mêlé de bonheur.

La deuxième étape victorieuse de son ultime campagne sanglante.

Il avait arrêté la caravane sur un promontoire rocheux, surplombant le Pacifique. A deux cents mètres au sud, sur une petite presqu'île un peu surélevée, se trouvait une somptueuse villa. Un escalier accrochée au rocher permettait d'accéder au rivage et, un peu en retrait, on apercevait une immense piscine donnant sur un patio joliment décoré. Trois hommes, installés autour d'une table basse, y discutaient avec animation, en buvant un apéritif. En bas, sur le rivage, trois autres faisaient les cent pas et un dernier arpentait la limite nord de la propriété. Sans doute d'autres gardes étaient-ils cachés dans le jardin et la maison, assurant la sécurité et la tranquillité des trois messieurs attablés dans le patio.

Bolan les tenait cadrés en plein centre de son champ de tir, sur l'écran de la console.

– Vous les connaissez? s'enquit Rose d'Avril.

– Le vieux requin, à droite, c'est Bunny Cerrito, expliqua Bolan. Il a pris sa retraite quand j'étais encore gamin, mais malheureusement pour lui, il repique au jeu de temps en temps. Dommage. Ce coup-ci, on lui aura fait une proposition trop alléchante pour qu'il songe à la refuser.

– Qui est Portillo?

– L'affreux assis en face de Cerrito. Lui aussi était plus ou moins sur la touche. D'après la rumeur publique en tout cas. Jimmy était un des concepteurs du premier empire californien. J'ai cru un moment qu'il essayait de remettre ça. Maintenant, j'ai des doutes.

– Expliquez-vous, mon Général.

Bolan soupira :

– J'ai vaguement l'impression qu'il œuvre exactement en sens inverse.

– Vous voulez dire qu'il travaille pour Mc Cullough?

– Exactement.

– Mais je pensais qu'il faisait partie de la bande chargée de supprimer ce Mc Cullough?

– Moi aussi, fit Bolan avec un nouveau soupir. Cette ordure était presque arrivée à me convaincre. Jimmy le Graisseur : un surnom bien trouvé. Il est glissant comme une anguille, quand il s'agit de retourner sa veste.

– Et comment savez-vous qu'il l'a effectivement retournée?

– Parce que le troisième larron n'est autre que Bill Mc Cullough, marmonna Bolan.

– Vous en êtes certain? souffla Rose médusée.

– Oui. Mc Cullough, le seul, l'unique, lui-même et en personne, soupira Bolan. C'est lui que je traque depuis plus de quatorze heures. Avouez que c'est un comble, tout de même!

– Alors vous le saviez depuis le début! s'écria Rose. Et vous ne m'avez rien dit, vous contentant de me parler par énigmes, au risque de me donner la migraine! C'est Rickert qui vous a révélé la vérité?

– Je ne pense pas que Rickert se soit douté du rôle véritable de Mc Cullough. Il était simplement responsable du service de sécurité, mais ne connaissait probablement pas l'identité du grand chef. Moi non plus, je vous l'avoue, Rose. Et je devais absolument m'en assurer. On ne rencontre pas tous les jours des monstres comme celui-là.

Rose d'Avril resta muette quelques instants,

comme pour bien assimiler ce qu'elle venait d'apprendre. Puis brusquement elle pâlit :

– Les cadavres dépecés dans le bain d'acide, souffla-t-elle. C'est vrai? Je veux dire, c'était sa femme... sa fille?

– Vous avez entendu Braddock, grogna Bolan. Pour la fille, il a été formel. Donc l'autre aussi. Mais Mc Cullough, par contre, non. Il a balancé quelqu'un à sa place. Rose, adoptée ou pas, une enfant est toujours une enfant. Jamais un frère de sang ne commettrait une horreur pareille. Ce type est un...

– Un monstre, vous l'avez dit, murmura Rose d'Avril. Mais pourquoi? Je ne comprends pas la raison qui l'a poussé à supprimer ces deux femmes.

– Cela faisait partie de son plan.

– Quel plan?

– Il avait manigancé et simulé sa propre mort, Rose. Il comptait refaire tranquillement sa vie en mangeant son gâteau sous une nouvelle identité. Je suis même persuadé qu'il a déjà pris rendez-vous avec un chirurgien esthétique. Or dans sa nouvelle vie, sa femme et sa fille auraient été un danger constant.

– Croyez-vous qu'il sache déjà que son empire s'est écroulé?

Bolan programmait le lance-rockets, maintenant, amenant le viseur sur la cible.

– Je l'ignore, répondit-il. Mais s'il ne le sait pas maintenant, il ne le saura jamais.

Sur l'écran, des petits voyants rouges se surimposaient à l'image de la table basse, dans le patio. Bolan appuya sur la manette de commande et l'on entendit le grincement de la tourelle escamotable qui se soulevait pour se mettre en position sur le toit de la caravane. Bolan pressa sur la touche de déblocage et brancha la télécommande directement à partir de la console. Aussitôt, la pédale de contrôle surgit à ses pieds.

Les lèvres de Rose commencèrent à trembler.

Bolan la prévint :

– Passez à l'arrière, si vous ne vous sentez pas bien. Je m'apprête à effacer une abominable erreur humaine. Je les veux tous les trois.

– Je reste avec vous, répondit-elle, la gorge serrée. Mais est-ce vraiment bien nécessaire? Je veux dire, au point où ils en sont, maintenant...

– Oui, c'est même indispensable, grommela-t-il.

– Mais...

– Hier, vous m'avez assuré que vous respectiez la vie, lui rappela-t-il, en la regardant bien en face. Alors entendons-nous sur les termes une bonne fois pour toutes, voulez-vous?

– Bien sûr, je respecte la vie, balbutia Rose, mal à l'aise. C'est bien pour cela que...

– Essayez d'avoir une échelle de valeurs à peu près cohérente, coupa brutalement Bolan. Tournez le dos à ces ordures, et appelez les flics. Et quand ils se feront alpaguer, regardez de l'autre côté. Vous ne comprenez donc rien,

Rose! Ces vermines rongent le monde. Elles dévorent les humains en les attaquant directement par la moelle. Alors un peu de nerf! Bouffons-les à notre tour. On ne peut tout de même pas laisser ces cannibales s'aiguiser les dents sur nos squelettes! Si vraiment vous respectez la vie, il vous faut respecter aussi la loi du talion : œil pour œil, dent pour dent. Pour que les sauvages restent dans leurs repaires et que les honnêtes gens puissent mener une existence paisible!

Mack Bolan s'emballait rarement ainsi. Son visage était livide. Jamais Rose ne l'avait vu dans un état pareil.

– Poussez-vous, déclara-t-elle d'une voix ferme.

– Pourquoi?

– C'est moi qui prends le levier de commande. Montrez-moi comment fonctionne votre joujou.

Brusquement, la colère de Bolan s'était évanouie, laissant place à une étrange inquiétude.

– Je ne suis pas sûr que vous soyez mûre pour cela, Rose, fit-il.

– Ne parlez pas de maturité, voulez-vous? répondit-elle très doucement. Je vous dis que je suis prête. Vous pouvez me croire. Allons, Mack, donnez-moi votre place.

Bolan lui lança un regard grave. Il se leva, fit pivoter la console jusque devant son équipière. Il se plaça alors derrière elle, pour la guider.

– Posez votre pied bien à plat sur la pédale.

Son plan doit rester fixe. Appuyez sur le gros orteil, si vous voulez le faire pencher en avant et sur le talon, si vous désirez corriger le champ vers le haut. La pédale vous sert à contrôler le cadrage de l'image. Elle peut se déplacer à gauche et à droite pour régler le cadrage horizontal. Maintenant centrez votre cible en vous aidant de la croix dans le viseur. Maintenez la position. Surtout ne bougez pas. Même quand vous aurez tiré. Sinon la trajectoire de l'oiseau risque de dévier.

– Et comment je déclenche le feu?

– En appliquant une pression parfaitement égale sur toute la surface de la pédale. Le pied doit être posé bien à plat. Si l'avant du pied n'est pas de niveau, la trajectoire suivra une ligne ascendante. Alors gardez votre pied bien raide, la cheville droit dans le prolongement du genou. Quand vous serez prête à tirer, poussez le genou.

– Comment cela?

– Avec un bon coup de poing bien sec.

Bolan eut un soupir avant d'ajouter :

– Mais êtes-vous vraiment sûre de vouloir tirer, Rose?

En guise de réponse, elle leva bien haut son poing menu, et l'abattit de toutes ses forces sur son genou.

L'oiseau de feu jaillit en rugissant de son nid, dans la tourelle et gicla vers la cible, dans un sillage de feu empanaché de fumée blanche.

Là-bas, les gardes qui avaient remarqué le camping-car garé sur la falaise, voyant partir l'étrange projectile, se précipitaient déjà dans la maison pour donner l'alarme.

Mais ces messieurs du patio avaient bien autre chose en tête, occupés qu'ils étaient à se partager le monde pour le bouffer plus aisément.

L'écran de contrôle changea subitement de couleur, tandis que le missile approchait de la cible. Puis les voyants lumineux prirent un éclat d'une aveuglante blancheur : à quelque cinq cents mètres de là, une superbe « propriété-les-pieds-dans-l'eau » s'envola brutalement à l'assaut des nuages, emportant avec elle tous ses occupants.

Rose d'Avril était livide, figée, comme égarée. Mais elle apprenait vite et déjà centrait une nouvelle cible : la maison. Un second coup de poing violent sur le genou et l'oiseau de feu jaillit en sifflant pour aller perpétrer son œuvre de mort.

– Tenez, bouffez-le, celui-là! glapit-elle, les yeux braqués sur l'écran de contrôle.

Sa voix trembla légèrement, et presque aussitôt elle se tourna vers Bolan :

– Alors, partenaire, vous me trouvez suffisamment endurcie?

La maison, là-bas n'était plus qu'un chaos infernal.

– Donnez-moi une troisième cible, bon Dieu, hurla-t-elle.

– Assez, Rose, cela suffit, déclara-t-il calmement.

– Oh, laissez-moi continuer jusqu'à ce que la

mer ait englouti cette presqu'île maudite! cria-t-elle, presque gémissante.

Elle pleurait, maintenant, sanglotait même, incapable de se contrôler.

Bolan l'obligea doucement à s'écarter de la console; l'espace d'un court moment il la serra dans ses bras. Très fort, très tendrement. Gentiment, il la fit asseoir sur la banquette et, passant aux commandes, fit démarrer la caravane.

Mardi Massacre était terminé! Dieu merci!

Mais Rose d'Avril venait seulement de se mettre en train.

Epilogue

Bolan transmit son rapport à Brognola, et convint d'un rendez-vous à minuit avec l'avion chargé de transporter la caravane.

Il appela ensuite Leo Turrin et lui assura que la scène était claire, maintenant, sur le front californien.

Demain, l'Exécuteur affronterait un nouvel enfer et franchirait la troisième étape de cette dernière campagne sanglante. Si Dieu le voulait, bien sûr.

Mais ce lendemain n'était pas encore né.

Il engagea la caravane sur une longue plage déserte, et l'arrêta à l'ombre d'une haute falaise dénudée. Alors enfin, il guida sa bien-aimée jusque sur le lit.